RECUERDOS DE UN COMEDERO II

Jabalí observando el comedero

RECUERDOS DE UN COMEDERO II

EMOCIONANTES RECUERDOS
NARRADOS DESDE EL PUNTO DE MIRA...
DEL MISMO COMEDERO

Este libro está dedicado a todos aquellos jabalíes que sabiamente me educaron a cazar, pero sobre todo lo más importante de su caza es haber aprendido saber valorarlos, admirar y alabar su instinto salvaje... En memoria hacia ellos van dedicados estos humildes recordatorios del cazador que le dio su muerte. Con estas sencillas humildes letras, deseo agradecer las satisfacciones que me dieron con su caza.

JUAN JOSÉ LOZANO MERINO

Juan José Lozano Merino

2022 – Maquetación, ilustraciones y cubierta: Juan José Lozano Merino
2022 – Prólogo: José Antonio Sánchez González
2022 – Adaptación de Maqueta y diseño de cubierta: Juan José Lozano Merino
ISBN Papel: 978-0-244-13634-5
Julio 2022- 2ª Edición

A ti María del Carmen… Querida y amada esposa por robarte las muchas noches y que aún te sigo quitando.
Las llevaste con paciencia y aún más las sigues llevando, siempre animándome y apoyándome en mi locura con los jabalíes... Para ti Cielito Mío van estos escritos.

Juan José Lozano M.

RECUERDOS DE UN COMEDERO II

Unos metros de tierra los convierten en comedero para los jabalíes un joven cazador y el mismo comedero desde su punto de mira recuerda algunos de sus lances. Mientras espera con muchos deseos el ansiado regreso del cazador.

Dibujos de Juan José Lozano Merino.

PRÓLOGO

José Antonio Sánchez González

Jabalí saliéndose de la Avena

Hoy me armo de valor, para hablar de un gran amante de la naturaleza. Este libro refleja la sabiduría de un hombre que ha dedicado una parte de su vida a este menester de la caza, es una persona sencilla, le gusta definirse como un hombre de campo, pero muy rico en sabiduría, suele hablar poco... pero sus palabras llevan Magias y embrujos de cazador.

Siempre le ha escuchado decir que la caza hay que respetarla siempre por encima de todo... Viva o muerta porque cazar no es matar, es otra cosa que solo lo siente el buen cazador.
Hay un capítulo en este libro titulado "EL INDULTO" que personalmente me conmueve, el cual refleja cómo es Juan José y como siente la caza.

He aprendido mucho con él... es un buen maestro y un buen rastreador en el campo, se equivoca pocas veces, pasamos muchas noches juntos de esperas con frío, calor y todas las inclemencias del tiempo... Pero siempre soñando con ese lance esperado.
Estoy seguro de que más de uno compartirá muchos sentimientos al leer este libro.

   Es un gran tipo.

José Antonio Sánchez García

PRESENTACIÓN

Me presento... Mi nombre "Comedero del Regatón" no que me guste o quizás deje de gustar, pero es con el cual me bautizó el joven cazador cuando me creó.

Muchas veces durante el largo día, sin poderlo evitar, pienso en mis hermanos comederos que, aunque yo no los veas, supongo que estarán estos bien colocados en puntos estratégicos y querenciosos como me encuentro yo.

-Más tarde, cuando llegan las penumbras de la noche, fugazmente desaparecen estos pensamientos.

Pero os diré y confesaré un secreto querido lector y lectoras para ser sincero sobre mi situación. Cuando me creó el joven cazador no tenía ni la más mínima idea ni conocimiento ninguno sobre comederos de jabalíes y mucho menos sobre la situación del terreno de estos.

¿¡¡¡Acertó conmigo de pura casualidad!!!?

En muy pocos de meses adquirir rápidamente experiencias viendo noche tras noches el trajín de los jabalíes en busca de los alimentos y sus desplazamientos hacia las zonas del comedero. En mis comienzos sí que es verdad... me cogía unos enfados impresionantes observando cómo se reían del joven cazador. Sobre todo, aquellos finos y sabios ya entrados en años.

Claro que, si mi creador pudiera acecharlos desde el punto de mira de donde yo los veo, por supuesto que le serían muchísimo más fáciles de sorprender estos jabalíes sabios ya entraditos en años.

Pensaba yo todo nervioso para tranquilizarme un poquito… En aquellos momentos tan tensos y llenos de adrenalinas en los que me encontraba viendo actuar el joven cazador desde el puesto, sintiendo este la maravillosa aproximación del jabalí.

Muchas veces me pongo a pensar y me imagino otros cazadores estudiando los terrenos de los posibles nuevos comederos. Analizando con todos los medios posibles y recursos por donde vienen más veces los aires e intentando con sus conocimientos crear a mis hermanos comederos en zonas de pasos querenciosas que sobre todo y muy importante que estén estás muy tranquilas... para poder atraerlos con estas comidas tan fáciles para ellos que le presenta el comedero. Ya una vez atraídos deduzco que el buen cazador esperará con paciencia y temple como la de un buen pescador que cojan querencias con estas comidas que le ofrece el comedero. Será muy consciente que cuantas más veces coman, más aquerenciados estarán y por supuesto tendrá muchas más posibilidades de poder lograr abatirlos. ¡Cavilaba yo con mis pobres e inocentes conocimientos en mis comienzos! Pero no… Ni mucho menos porque rápidamente me di cuenta de que esto de los comederos no siempre daban los resultados deseados y esperados para estos astutos jabalíes solitarios "ya abuelos" Imagínense querido lector y lectoras por unos momentos si pudiera trasmitirle el comedero que, con mucha ilusión esperáis estos jabalíes, los movimientos que llevaran a cabo hacia la aproximación del comedero durante las largas noches. De estos hermosos jabalíes que nos alegran el corazón y no suben la moral por todo lo alto, cuando detestamos las huellas y rastros recientes por los alrededores del comedero y que resultan bastante difícil y complicados de poder conseguir sorprenderlos en el mismo comedero. Sería facilito cazarlos con estos conocimientos.

¿Verdad? Pero claro, enseguida se cambiaría el sistema, quitándose rápidamente el hechizo y encanto de su caza.

Yo, sinceramente queridos lector y lectoras como comedero de jabalíes que soy he tenido el atrevimiento y la osadía de darme vida y voz y recordaré algunas vivencias vividas a trasver del punto de mira por donde yo los detesto y los veo actuar a estos finos, astutos y sabios jabalíes. En el cual me caza mi creador... El cazador, que supuestamente es el que me crea y recordaré algunos maravillosos lances del cazador en varias etapas de su vida. Este joven cazador y después adulto cazador no puede escuchar mi voz, cuando todo nervioso y descompuesto me pongo, observando algún espabilado y astuto jabalí, emplear sus artimañas con muchas sabidurías en los rodeos hacia las aproximaciones de donde me encuentro... O quizás hacia mi vecina, deseada baña.

El joven cazador, cuando me creó, se encontraba más verde que una lechuga en sus ilusionados comienzos de esperas a los jabalíes. Va poco a poquito adquiriendo conocimientos y tan solo tuvieron que trascurrir unos años para poder conseguir meterse en la piel de los mismos jabalíes. En los comienzos yo sufrir lo habido y lo de por haber, pues me encontraba todo descompuesto, para darme un soponcio de lo nervioso y sobre todo mosqueado que me ponía sin poderlo de evitar observando cómo se reían de mi creador. Sobre todos aquellos inteligentes y finos jabalíes ya entrados en años, porque las mayorías de las veces no se enteraba de las artimañas que empleaban en sus largos rodeos hacia el comedero y claro, estos astutos y sabios jabalíes les daban las buenas noches a sus maneras cochineras. Porque algunos espabilados y bastante listos ni siguieran tenían el más mínimo detalle de dejarle caer un leve bufido. "O quizás un seco, profundo ronquido" que posiblemente con total seguridad le hubiera encogido el corazón.

¿Pero no? Ni mucho menos. Estos astutos jabalíes no deseaban delatarse ni descubrirse ante su presencia.

El cazador que me creó en la mitad de un trayecto de un pequeño regatón formado este por las aguas de las lluvias y que en la mitad del recorrido aparece un pequeño claro, en él se muestran dos jóvenes alcornoques.

Desembocando las aguas en invierno en la ribera, pues en los meses de verano se encuentra completamente seco. La ribera grande, hermosa y ancha con las orillas llenas de jaras y retamas salteadas, en las cuales abundan frondosos zarzales y en estos alegres y lozanos zarzales se encaman los jabalíes.

Me creó en un punto muy estratégico, aunque sí que es vedad como comente al principio del escrito. No tenía la más mínima idea ni conocimiento ninguno sobre comederos para los jabalíes. Unos meses más adelante, aconsejados por unos amigos, hizo una baña al lado del alcornoque más joven. Recuerdo con bastante nostalgia mi estreno con el primer lance, pues fue muy rápido, solo a las dos semanas de mi creación. Ya de esto trascurrieron muchísimos años, pero aún lo conservo fresco en mis recuerdos y me siento emocionado al recordarlo como si fuese el primer día. El joven cazador, que desaprovechó tantas y tantas muy buenas oportunidades por su poca experiencia.

Esos aires que le traicionaban... La mayoría de las veces no se enteraba de estos cambios repentinos de los aires y claro, estos inteligentes sabios jabalíes se lo agradecían con crecer. Recuerdo y me emociono al recordar los primeros jabalíes que tomaron el comedero. Una enorme jabalina acompañada de cuatro rayones de poco más de un mes. Estando muy picada con el maíz, pues me visitaba siempre acompañada de sus crías, con frecuencia al caer de la tarde, en estas luces ya opacas. ¿Unas noches más adelante acudió un joven jabalí? Un primaron.

El joven cazador que acudió a las dos semanas de mi creación se sorprendió bastante, viendo los escandalosos rastros dejados por todos los alrededores de donde me encuentro y observando el poco maíz que ya tenía.

¿Emocionado se puso, bastante ilusionado mirándolos? Ni mucho menos se lo esperaba, no se lo pensó demasiado para hacer la primera espera. El atardecer del día siguiente, con casi dos horas, que le quedaban aún por desaparecer el sol, disfrutaba del primer aguardo. Deseando emocionado con los ojos como dos platos mirando por todo mi alrededor, la deseada aparición de un jabalí. Disfrutando de estos primeros momentos de la espera todo descompuesto, quizás un poco nervioso de la misma emoción, no le quitaba de la vista ni un solo segundo la caja del regatón, la cual se encontraba levantada, hociqueadas y bastante pisadas las orillas.

La jabalina que estaba muy aquerenciada y confiada con el maíz, acudía con los rayones prácticamente todas las noches, al caer de la tarde entre estas luces ya opacas. Yo que, sin poder de remediar, le cogí rápidamente afecto y me encontraba un poco preocupado por ella. Bueno, para ser sincero, más bien por los rayones, pues con poco más de un mes de vida se encontrarían indefensos y el joven cazador que estaba más verde que una lechuga en su primera espera no se percatará de ellos, porque siempre suelen de venir rezagados detrás de la madre.

¿Yo sufriendo, estuve y sin poderlo evitar me temía lo peor? Gracia a los "Dioses de la Caza" esta noche madrugó más el joven jabalí. "Él primaron". El cazador que no perdía de la vista ni un segundo la caja del regatón, ya prácticamente con muy poca agua y con sus orillas muy hociqueadas. Donde se encontraban dos bañas de este jabalí, las tenía muy tomadas. Con el sol ya oculto, pero con luz natural aún suficiente, divisó a lo lejos aproximándose el joven jabalí.

Que venía muy tranquilo hociqueando... ¿Lombriceando las orillas? Al ver de pronto la aparición del jabalí, todo descompuesto y nervioso se puso observando, la aproximación, cada vez más bellas imágenes del jabalí.

Todo emocionado contemplando el acercamiento del jabalí en estas maravillosas condiciones, que la madre naturaleza le ofreció. Esperó con mucho temple y nervios de acero la aproximación. Sí que es verdad, que estaba un poco tenso, pero disfrutó observándolo y fue una verdadera gozada de haberlo podido contemplar entre estas luces ya opacas.

Con muchísimo cuidado cogió el rifle encarándoselo hacia el jabalí, su corazón se aceleraba cada segundo más y más, dándole martillazos de los mismos nervios de la emoción. Intentaba a duras penas centrarlo en la cruz del visor, pero esta cruz del visor no se estaba quieta ni un segundo sobre la paletilla de este joven jabalí. ¿Motivado a los nervios y tensión de los momentos maravillosos? El disparo que tardó un ratito largo en producirse lo tranquilizó, el jabalí que al disparo salió fugaz como un rayo de la caja del regatón, colándose por unas alambreras, ocultándose rápidamente entre las retamas y jaras, lo perdió fugazmente de la vista. Ya un poco más serenado se acercó donde le disparó donde pudo apreciar unas gotitas de sangre.

Rastreó la zona por donde lo observó introducirse, pero no consiguió ver más gotas de sangre. Emocionado y contento con todos los acontecimientos sucedidos, se fue cavilando muy pensativo camino del coche donde ya lo estaba esperando su amigo Rosado, que le acompañó en su primer aguardo y que se había colocado en la parte alta de arriba de los cañizos, en unos portillos muy tomados. No habían pasado ni diez minutos cuando los sentí aproximarse, al momento estaban en la arrancada del jabalí, producida esta por el disparo.

Su amigo Rosado, ya curtido en muchos lances, enseguida cogió el rastro de sangre que rápidamente, lo conduce al jabalí, que cae muerto a cincuenta metros del disparo. El joven cazador más alegre que unas castañuelas con la sonrisa de oreja, a oreja lo miraba y miraba con cara de satisfacción, pues viéndolo y todo aún no se lo creía que lo había matado.

La jabalina con los cuatro rayones andaría en esos momentos del lance muy cerca, pues no volví a verlas más. ¿Y me alegré bastante? Este primer lance fue más que suficiente para encenderse la llama de cazador que llevaba dentro.

Donde cazó y disfrutó muchísimo cazando este comedero que generó y bautizó con el nombre. "El comedero del regatón". Durante años gozó y aprendió el arte de la caza del jabalí, sobre todo muy importante de haber podido estudiar este animal para poder conseguir, saber, valorar y admirar el instinto salvaje, que la madre naturaleza dotó a estos cerdos salvajes.

Con admiración y respeto hacia estos sabios jabalíes recordare, y disfrutaré recordando algunos de ellos. Las artimañas y sobre todo sabidurías que emplearon en sus largos rodeos en busca de estos alimentos fáciles que le ofrece el comedero... O quizás esas bañas que les ayudan a librarse de los insoportables parásitos y en invierno los barros secos en sus cerdas los protegen del frío. Con estos sencillos y humildes recordatorios deseo homenajear y agradecer las satisfacciones, que me dieron detrás de los rastros, pero sobre todo de su caza. Admirar, alabar el instinto salvaje que están dotados.

¿Qué, ya entrados en años, superan sabiamente en muchas ocasiones la inteligencia humana?

Recordaré los vientos… Estos vientos dueños y señores del éxito de las esperas, los aires son muy aliados, hermanos de sangre de los jabalíes. ¿Enemigos muy peligrosos de los cazadores?

Los fríos, estas pelonas terreras que traspasan con muchas facilidades los tejidos, calando rápidamente con una facilidad tremenda las muchas capas de ropas, apoderándose con fuerza del cuerpo del cazador, haciendo de las esperas sean estas incómodas y un poco más cortas. La luna, maravillosa luz blanqueando con su blanca luces la noche. Cómplice y sol del cazador. Enemiga… ¿Temerosa luz para los jabalíes?

Las nieblas que hace aún más oscuras las noches, convirtiéndolas en complicados laberintos y un sinfín de pequeños detalles que, las noches con sus protagonistas, los jabalíes me enseñaron a saber valorarlos y cazarlos.

A TI JABALÍ… Con mis debidos respetos.

Amo y señor de las noches, que elegiste sabiamente la oscuridad y te amparaste muy bien protegiéndote en estas penumbras. "Para así poder de lograr subsistir inteligentemente tu especie". Con humildad y respeto hacia estos bravos, valientes y sabios jabalíes que dieron su vida, van dirigidos estos humildes recordatorios del "el comedero del regatón".

Siempre me quité y seguiré aun quitándome mi sombrero ante tu presencia… Bravo, Fino y Astuto Jabalí.

RECUERDOS
DE
ESPERAS

JUAN JOSÉ LOZANO MERINO

Charcón de las Peñas

COSAS DEL DESTINO

Casualidad, coincidencia, o quizás quiso ser el destino caprichoso conmigo esta vez, conduciéndome hacia este jabalí que disparé y no lo cobre, pensando me fui con la duda si lo había fallado y que semanas después el destino me guio hacia él. Disfrute bastante detrás de su pista varias semanas en sus trayectos hacía el comedero.

Este viejo jabalí, desconfiado al máximo, aunque parezca extraño llego a coger confianza con el comedero por la gran cantidad de jabalíes que frecuentemente lo visitaban… Esto sí, que entraba como un fantasma a muy pesar de estar en el comedero en esos momentos de la llegada alguna que otra piara, que salían veloces abandonando el comedero cuando aparecía.

MARCADO POR EL DESTINO

EL GRAN GUARRO

Tenía verdaderos… Grandes deseos que llegara por fin ese viernes. Los aires se esperaban que soplasen como deseaba y esperaba con mucha paciencia el joven cazador.

Esta mañana, cuando vino a visitarme y lo vi aproximarse "rastreando" como siempre viene los alrededores donde me encuentro. ¿Noté que estaba inquieto, muy intranquilo, sobre todo nervioso? Más bien preocupado.

¿Pues sinceramente no era para menos?

Viendo, observando las huellas impresionantes y bien dibujadas que dejó esa noche, ya de madrugada en los mismos bordes de mi vecina baña, un viejo jabalí solitario. Ya hacía varias semanas que se había presentado en el comedero y cada dos, o tres noches me visitaba, sufriendo estuvo todo este tiempo trascurrido por temor que desapareciera sin poder aguardarlo. ¿Estos vientos malos? Malditos aires que no cambian ya de una vez y desaparecen, le oía decir regruñendo repetidas veces, observando los alrededores, algunas mañanas más que otras bien tempranas. Este solitario jabalí, que era bastante desconfiado, podía desaparecer de un día a otro con el mismo encanto y sobre todo misterio con el cual se presentó.

¿Pues no se fiaba ni de su misma sombra?

Cuando me visitaba y lo observaba como se aproximaba pausadamente, se movía con una lentitud tremenda. Desde que me creó el joven cazador y de esto ya pasaron unos años. No he visto un jabalí, que se mueva tan despacio como este. Me di cuenta rápidamente a los pocos días de presentarse en el comedero en su lento caminar hacía el maíz, como se fresno en seco, cuando divisó tanta cantidad del mismo recién cebado por el joven cazador la misma mañana.

Ya tenía más bien poco, acostumbradas unas piaras bastante numerosas que, cuando me visitaban el atracón del maíz que se daban era muy bueno. Y a pesar del respeto que le tenían a este viejo jabalí, que cuando aparecía se alejaban rápidamente del comedero. Trascurrían unas noches que no acudían por temor y respeto a este viejo macho. Esa noche con tanto maíz desconfió y no entró en el comedero recelando de él... Llegó este día deseado y muy esperado por el joven cazador. Pendiente y atento estuve durante toda la tarde para verlo de venir, pues me gusta de verlo como se aproxima al puesto con pasos muy estudiados, sobre todo silenciosos. Pero oscureció y no se presentó. Pensé que lo había dejado para el siguiente día que soplaban aún los aires más adecuados y sobre todo fijos. Contemplé la luna como se asomaba por el cerro de los piñones. Iluminando y blanqueando con las primeras luces los cogotes de las vecinas encinas. ¿Ay? Estas lunas de enero, que iluminan en noches claras como ninguna otra y tiene su luz enamorado al joven cazador.

Me alertaron unos pequeños ruidos que se acercaban con mucha cautela, sigilosamente al comedero y al momento se presentó una de la piara aquerenciada con mi dulce maíz. La piara que se componía de ocho jabalíes en la que se encontraban cuatro rayones de poco más de un par de semanas. La jabalina dominante, enseguida, rápidamente cogió su sitio para comer.

Me alegré ver la piara numerosa, viendo como comían pensé en el viejo solitario y deseaba con ganas que no estuviese muy lejos del comedero. Para que pudiera sentir los ruidos tan tremendos que provocaban todos los jabalíes juntos masticando los granos del maíz. Con su sola presencia "con total seguridad" los espantaría del comedero. Pero no se encontraba en esos precisos momentos por los alrededores.

¡¡¡Donde andaría pensé!!!

La piara que estuvieron comiendo todos los jabalíes a dos carrillos y con sus estómagos ya repletos, satisfechos del maíz abandonaron el comedero.

No había trascurrido ni una sola hora que abandonó la piara el comedero, cuando sentí la aproximación de una jabalina. "Conocida esta ya de anteriores visitas" que rara la noche que no sé presentarse.

Siempre acompañada de sus crías. ¿Tres rayones de unas semanas? – Parió cuatro y era una gozada contemplarlos... Verlos venir alrededor de la madre.

¿Un bulto tan grande? Al lado los puntitos diminutos.

¡Pero una noche se presentó con tres!

Malditos pájaros... Acechando desde lo más alto del cielo.

¿Malditos zorros? Malditos depredadores. Noté que estaba muy inquieta... Intranquila, porque dejaba de masticar los granos con frecuencia. De pronto sin más dejó el comer y dio un leve bufido alejándose con los rayones regatón arriba. Pendiente ya estuve del viejo macho, no andaría este muy lejos, enseguida lo sentí aproximarse. ¿Vino confiado? Raro y mucho esto en él... Venía subiendo pegado a las orillas del regatón y antes de asomar los morros al claro del comedero se paró unos momentos. Con la cabeza hacia arriba venteaba el comedero. No se fiaba ni una cerda... A muy pesar de estar impregnado el entorno con los fuertes olores de sus congéneres. Con una lentitud tremenda se acercó al maíz, cogió unos granos y devorándolos se dirigió hacia mi vecina baña. Se desplomó.

¡Quieto!... Inmóvil panza arriba durante unos segundos largos.

Más tarde se refregó los costillares y jamones, con la misma se acercó al vecino y joven alcornoque, rascándose contra el mismo su dura piel.

Comió bastante del maíz "más que otras veces".

Abandonó el comedero por donde entró. Igual de sigiloso y despacio como se aproximó. Entristecido me puse en estos momentos viendo como se alejaba lentamente.

¿¡¡¡Me acordé enseguida del joven cazador!!!?

Con seguridad no acudirá la siguiente noche, pues no se les veían las cerdas dos noches seguidas. Y con la ilusión que lo esperará. El atardecer del día siguiente se presentó y con pasos muy estudiados y silenciosos entró dentro del puesto.

Ilusionado y con mucha fe con el posible lance, entretenido miraba una liebre que se encontraba comiendo del maíz. Vio de reojo cómo se aproximaba un zorro, que venía agazapado. "Con muchísima zorrería". Intentando por todos los medios posibles de sorprender la liebre, que comía tan tranquilamente los granos del maíz.

Pero la liebre, muy lista, rápidamente detestó el acercamiento del zorro y se alejó fugazmente corriendo del comedero.

-El zorro sí, que es verdad... Se quedó un poco frustrado viendo como se alejaba su cena, mirándola con tristeza, quedó un ratito mientras huía. Después siguió con su cacería nocturna, intentando por todos los medios sorprender otra presa que estuviera esta menos espabilada, "para llenar ese estómago completamente vacío". Los sonidos del mundo de la noche ya se empezaban a notar poquito a poco. ¿Se despertaban? Entre estas luces con el sol ya oculto. Esta noche tardó un poquito más en verse la luna, pues estuvo al completo dos noches atrás. Ocultándola las nubes, jugando coquetamente con ella, se hacía de ver muy de tarde en tarde. Con fortuna había muy pocas nubes y gracias a los "Dioses de la Caza" desaparecieron rápido y el cielo fugazmente se iluminó de estrellas. Pendiente y muy atento estaba el joven cazador a los sonidos de la noche, cuando sintió llegar la piara numerosa. Inmediatamente, se hizo una gran pelota de jabalíes comiendo del maíz, provocando unos ruidos tremendos el masticar de los granos. Un poco tenso, el joven cazador disfrutaba escuchado los ruidos. Pasaron unos largos minutos muy pendientes atento a los movimientos de la piara. Cuando de pronto escuchó un gruñido corto y seco, al momento sintió como se movieron unos cuantos jabalíes por los alrededores del comedero. Dudó por unos instantes si encender el foco para ver qué había pasado, no se lo pensó mucho y deicidio iluminar el comedero. Iluminado el comedero, vio la piara. Había jabalíes de todos los tamaños, más bien jóvenes y rayones, destacándose tres bultos grandes, que serían posiblemente de las jabalinas adultas. Recelaron un poquito de la luz del foco, pero a los muy pocos momentos siguieron comiendo tan tranquilos. Más tarde ya satisfechos, se fueron por donde entraron. Con la luna ya en lo más alto del cielo, sintió por su derecha un leve ruido producido por un jabalí primaron.

Venía aproximándose lentamente camuflando muy bien su silueta por las retamas y jaras salteadas de la zona. ¿Gracia a la claridad de la luna lo divisó? Esperó con bastante paciencia para asesorarse si venían detrás algunos rezagados, antes de iluminarlo con la luz del foco.

A los muy pocos minutos se presentaron dos más, "de su misma talla" ya se quedó más tranquilo el joven cazador.

"Un poco más tarde". Minutos después vino una jabalina acompañada de cuatro bermejos. Los ocho jabalíes confiados provocaban unos sonoros escandalosos ruidos masticando los granos del maíz. El joven cazador, mientras los sentía todo descompuesto, le rezaba a los "Dioses de la Caza" para que el viejo solitario jabalí, que estaba ilusionado esperando, estuviese cerca.

Que sintiera el masticar de la piara, con total seguridad se acercaría para alejarlos del comedero. Pero nada… No se encontraba en estos momentos por los alrededores.

¿Ya satisfechos todos los jabalíes, se fueron del comedero?

Trascurrió dos horas de las cuales estuvieron en un silencio profundo. Misteriosamente, hasta las ranas de la ribera dejaron de croar y los grillos cesaron su fastidioso cantar.

Cansado tras cuatro horas largas esperando, pensó preocupado que el viejo jabalí se la había jugado.

Le venció, le ganó esta noche la batalla y sus pensamientos estaban ya en abandonar el puesto. Dejarlo para otra ocasión.

Cavilaba con estos pensamientos de abandono, cuando fugazmente gracias a la claridad de la luna vio venir una sombra a lo lejos subiendo lentamente, que con mucho sigilo subía por las orillas del regatón. Rápidamente, activó todos los sentidos y al segundo desapareció el cansancio de las muchas horas de estar esperando. El jabalí que venía con mucho sigilo, subiendo lentamente, camuflando su silueta por las retamas y jaras.

Se giró de pronto, hacia la derecha para coger los aires de la zona del comedero, con el rifle que ya lo tenía preparado.

Dándole palpitaciones, el corazón esperó con nervios de acero la aproximación. Ya más cerca el mundo se le vino abajo, contemplando unos rayones que venían en fila india detrás de la madre. Desilusionado con esta aparición, bajó el rifle y desolado lo colocó en su sitio.

La jabalina que pasó casi rozando el puesto derecha al maíz, los rayones que detrás de ella la seguían aún más cerca, para mayor satisfacción y gozo de la vista del joven cazador, claro, esto lo compensó de los momentos tan tensos que había pasado. Después de más de quince minutos comiendo del maíz abandonaron el comedero y desaparecieron regatón arriba.

Emocionado con todo lo sucedido, aguantó aún una hora más y con pasos lentos y silenciosos abandonó el puesto pensativo. Vino con una ilusión tremenda a esperar un viejo y solitario jabalí. No se esperaba ni por ensoñación la movida que iba a tener de jabalíes esa noche el comedero. Pero se fue muy contento recordando la gran cantidad de jabalíes que había sentido y visto que le hicieron estremecer el corazón en muchísimos momentos. El viejo y desconfiado jabalí, eligió otro comedero esta noche.

Amanece un nuevo día, el sol asomaba con fuerza iluminando y calentando con los primeros rayos los piñones de la loma del cerro de los cañizos. Me sorprendió la visita del joven cazador cargado con un saco del maíz en el hombro.

Sí que es verdad que las piaras quedaron más bien poco, dejó el saco muy cerca del comedero. Sus intenciones eran de comprobar si acudió el viejo jabalí. Nada… Entre tantísimas huellas no estaba la de este gran macho. Me recebó el saco completo, también recebó mi vecina baña y lo vi alejarse un poco contrariado. Preocupado… Temiendo lo peor, si le cogió los aires. Se presentó, dos noches después del aguardo y para mi mayor sorpresa vino acompañado con un rasponazo a la altura del jamón izquierdo, cojeando un poco.

Posiblemente producido por un disparo. O quizás tuvo un enfrentamiento con otro jabalí. Pero a mí me entró la risa al verlo cojear. Ji. Ji. Ji… ¿Cojo y encima muy desconfiado?

Comió bastante del maíz, más tarde se cebó con la cueva de un topillo cerca del comedero y no descansó hasta que consiguió pillarlo, haciendo unos tremendos hociqueos por los alrededores de la cueva. La baña, que se encontraba aun rebozando del agua de las lluvias caídas la noche anterior, se dejó caer en ella como un peso muerto. "Agrandándola".

Se barreó con el barro la zona de la herida y dejó sus huellas bien dibujadas en los bordes de mi vecina baña. Dio un leve resoplido rascándose los costillares contra el joven alcornoque y se alejó regatón hacia abajo. Esa noche no se presentó ninguna piara, sí, que había un tejón que salió corriendo del comedero al verlo aproximarse. Dos días después se presentó el joven cazador, las huellas del comedero por desgracia habían desaparecido. Las fuertes lluvias caídas durante la noche las borraron. Se fijó en el maíz que había bajado bastante y la baña, a pesar de estar rebozando del agua la vio muy tomada. No quiso recebar con el maíz que traía, prefirió dejarlo con el poco que había, viendo el comedero tan tomado y la baña pensó probar fortuna esa misma noche. Ilusionado se puso con cara de felicidad, observando los hociqueos al lado del comedero.

Donde pudo apreciar un poco confusas las huellas, pero sabe y es muy consciente que estos profundos hoyos solo los producen los viejos solitarios.

Se marchó contento… Satisfecho y con muchas ganas de esperarlo, aún quedaba más de una hora de sol para desaparecer y ya se encontraba en el puesto. ¿Con ilusión como siempre espera? Es consciente de las visitas que tiene el comedero, con seguridad si no le traicionan los vientos verá o sentirá jabalíes. Pues en más de una ocasión acercándose al puesto se encontró con una piara comiendo tan tranquilos a plena luz del día. Efectivamente... Oscureciendo se escuchó unos gruñidos cortos de jabalíes jóvenes que delataron a la piara.

Venían subiendo por la parte baja del regatón. Con la poca luz natural que aún reinaba, el joven cazador vio pronto los bultos negros, acercándose sigilosamente poco a poco hacia el comedero. Enseguida se apoderaron del comedero los jabalíes. Contó quince de todos los tamaños sin apreciar ningún macho adulto. El escuchar del masticar de quince jabalíes es impresionante por los tremendos ruidos que provocan. El joven cazador, que disfrutaba viéndolos, temía que ya tres satisfechos del maíz y que andaban esto buscando bichos por los alrededores, se venteasen de su olor. Gracias a los "Dioses de la Caza" una vez satisfechos abandonaron el comedero por donde vinieron. Los tres que buscaban bichos pasaron a tan solo dos metros del aguardo. El joven cazador había que verlo, parecía que lo habían disecado en estos tensos momentos. Ya desaparecidos los jabalíes se quedó más tranquilo. Y esperaba que entrase "ese" gran macho, que se mueve por la zona y que frecuenta en ocasiones el comedero. Se aproximaron varias vacas con los becerros por los alrededores del comedero y dos de ellas entraron en el comedero acompañadas de los becerros. Comieron del maíz y al buen rato solo se quedó una acostada al lado del aguardo y su becerro aún seguía en el comedero.

Viendo la vaca acostada, que la podía tocar con la mano, temía que sé percatarse de su presencia. Contrariado al tener tanta cantidad de las mismas por los alrededores, que no le dejaban escuchar los sonidos de la noche. Deseaba con ganas que abandonasen pronto la zona. Pendiente del becerro que estaba en el comedero, de pronto lo vio correr hacia la madre y se paró aún más cerca de donde se encontraba la madre tumbada, prácticamente en los bajos del puesto. La madre que al verlo de venir hizo un amén de levantarse. ¿Pero no se levantó? Observando el becerro pegado al puesto, que lo podía acariciar con la mano, detesta… Observa pasar una vaca muy cerca del comedero, más tarde… Divisó un bulto a unos metros del comedero entre las retamas. ¿Parado? En parada no se movía absolutamente para nada. El joven cazador, pensó en estos momentos tensos que, sería este el becerro de la vaca que había pasado cerca del comedero. Atento y muy pendiente estaba de este bulto cuando de pronto lo vio moverse muy despacio hacia él comedero y en esos precisos momentos el becerro que lo tenía pegado al puesto. ¿Corrió? Se asustó al verlo de venir y corrió unos metros. La madre al verlo se levantó, se alejaron los dos despacio de la zona. Dudó por unos segundos viendo cómo se alejaban si habían detestado su silueta. "Pero no". Ni mucho menos. Rápidamente, se dio cuenta de que lo que había en el comedero, no era un becerro, sino un gran jabalí. Tembloroso se puso cuando sintió el leve masticar de los granos del maíz. Cogió el rifle, silenciosamente, lo dirigió hacia el bulto negro que hacía el jabalí. Cuando encendió el foco se quedó más que sorprendido ¿Empantanado mirando hacia la luz? "Disparó rápido y con temor". Teniendo en la mente aún los becerros y las vacas merodeando por los alrededores. El viejo solitario que entró al comedero, un poquito confiado por la tranquilidad que le trasmitieron las vacas.

Al disparo salió velozmente corriendo regatón hacia abajo, por las muchas retamas y jaras muy abundantes que hay en estas zonas. El joven cazador, que se encontraba muy nervioso y bastante confuso. Dudó por unos segundos si había disparado un gran jabalí o un becerro. Se dirigió al comedero y con la luz del foco buscó alguna pista de sangre por donde lo vio correr.

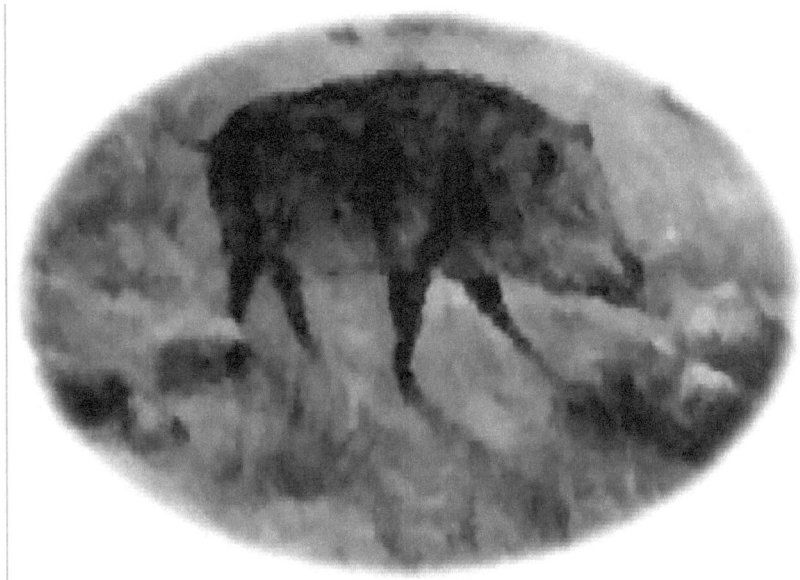

¿Pero no vio nada?

Se adentró un poco por las retamas y jaras, donde fugazmente dejó de verlo, tampoco apreció señales de sangre… Abandonó, no se atrevió seguir buscando entre las frondosas retamas y el inmenso jaral, por si acaso estuviese malherido. El día siguiente, aún con la duda, si encontrar un becerro o un pedazo de jabalí. Esperó pacientemente que iluminaran las primeras claras del nuevo día. La zona que buscaba y que supuestamente lo vio correr, con bastantes retamas muy juntas y frondosas, salpicadas estas con un inmenso jaral, apenas se podía caminar entre ellas.

¿Buscó con bastante dificultad?

Si poder apreciar ni una sola gota de sangre, se salió de las retamas y jaras para ver unas alambradas que rodean la zona y que están sobre unos ciento cincuenta metros del comedero.

"Por si acaso se coló por algún portillo".

¿Nada?

Pensó preocupado en los momentos que con el nerviosismo de los becerros error el disparo, desilusionado, abandonó. Pasó unas de las veces en el rastreo a muy pocos metros de donde se encontraba muerto el gran solitario jabalí. Que cae muerto este bravo jabalí, sobre unos noventa metros del comedero. Tres semanas después esperaba ilusionado un jabalí, que estaba aquerenciado con el maíz y que dejó dos noches pasadas las huellas en los bordes de mi vecina baña. Estas huellas muy bien marcadas del jabalí navajero le entusiasmaron.

Mirando hacia el comedero le vino el recuerdo del gran jabalí, que disparó entre las vacas semanas atrás, recordaba como lo tiró y no se explicaba aún como lo había fallado.

Alzó la vista hacia los piñones del cerro de los cañizos, le gusta ver como desaparece entre estas rocas el sol. "De reojo". Entre estas luces ya opacas vio una silueta de un jabalí, que venía subiendo pegado a las retamas, tranquilo lo miraba como se aproximaba lentamente al comedero. Ya más cerca se paró unos momentos antes de salir al claro del comedero y con las mismas se aproximó. Sin más, se dispuso a comer del maíz.

El joven cazador, como entró tan temprano y sobre todo tan confiado, pensó en esos momentos que era un jabalí joven. Un primaron y se quedó mirando el bulto que hacia como comía del maíz, pero a medida que pasaba el tiempo y lo "miraba" y "miraba". Ya cada vez lo veía más grande.

Después de más quince minutos comiendo sin apenas parar, "ya con el estómago lleno" se paraba más veces venteando los aires con los morros hacia arriba.

El joven cazador, preocupado que se fuera, ya con el gusanillo, incitándole a disparar. Convencido de que ya no lo veía tan pequeño y la luz desaparecía por segundo, decidió dispararle.

Tranquilamente, entre estas luces opacas, ya con prisa oscureciendo, lo apuntó. Al disparo el jabalí corrió hacia el mismo aguardo. Incorporándose como un rayo, le disparó rápidamente un segundo tiro... ¿Fallando el mismo?
Velozmente, se ocultó entre las retamas y lo sintió correr hacia el regatón por donde lo perdió de la vista.

Pasada la tensión de los momentos tensos se acercó al comedero, vio enseguida la arrancada del jabalí en la que no pudo apreciar ni una sola gota de sangre. Recordó de pronto los tristes recuerdos del que falló semanas atrás. Rápidamente, la poca luz opaca que había desaparecía por segundos... Corriendo se dirigió donde fugazmente lo vio ocultarse entre las retamas derecho al regatón, ahí sí que pudo apreciar unas gotitas de sangre que le alegraron el corazón. Se adentró un poco más por las retamas y jaras, viendo algunas gotas de sangre muy distanciadas unas de otras con mucha dificultad. Se apodero, rápido la oscuridad de la noche, no se atrevió seguir buscando entre las retamas y el inmenso jaral. Colocó unas señales visibles en las últimas gotas de sangre y lo dejó para la mañana. Con las primeras claras del nuevo día ya estaba el joven cazador, donde dejó señalado las últimas señales de sangre. A duras penas entre las retamas y muchas jaras siguió por el rastro que le marcaban las poquitas gotas que se encontraba, hasta que dejó de verlas. Temiendo ya lo peor, empezó a buscar por los alrededores, volviendo a empezar un poco más tarde por donde vio las últimas gotas de sangre. A cuatro patas entre las retamas y jaras avanzó unos metros, levantó la cabeza y vio el bulto negro del jabalí. Se levantó rápido, se dirigió hacia él con dificultad, muy ilusionado y contento para ver como era.

Solo le faltó tres pasos más hacia adelante, para haber tropezado con el gastadero del gran jabalí, que mató tres semanas atrás.

-A tan solo unos metros. "Uno del otro". La coincidencia del destino. Rastreando el jabalí que tiró por la noche, lo conduce al gastadero del gran solitario jabalí. Sorprendido por el hallazgo, se quedó mirándolo unos momentos sin apreciar emocionado por verlo el trofeo que portaba la boca.

Se dirigió al jabalí que buscaba y lo destripó.

Un navajero serranito con muchas cerdas negras como un tizón, que hizo confundir este jabalí, al joven cazador por entrar tan confiado y temprano. Ya más tranquilo, se aproximó al gastadero del solitario jabalí, mirándolo con detalle, sí, que es verdad, quedó sorprendido contemplándolo... Observando como sobresalían las impresionantes navajas.

El viejo jabalí portaba su piel ya seca, un orificio de bala por encima del mismo codillo y la puntuación que dio su trofeo.

Sobrepasó el oro...

IMPROVISACIÓN

Hay improvisaciones, que surgen de pronto, sin más, con esta en concreto que surgió acelerada, no te explica después más tarde lo sucedido, pero dentro de ti siente en esos momentos una gran alegría, rebozando de satisfacción por los hechos insólitos sucedidos.

EL INDULTO

En estos momentos llenos de nostalgia, recordando los lances del joven cazador, recuerdos un lance en concreto en el cual me quedé bastante sorprendido, por su insólita actuación. Con este lance sí, que es verdad... El joven cazador estaba más verde que una lechuga, sobre las esperas, o aguardo a los jabalíes. Tras vario aguardo efectuado sin nada de éxito, en las cuales se la jugó este solitario jabalí en varias ocasiones. Receloso y muy desconfiado con el comedero, pero sí que me visitaba algunas noches más que otras. Cuando este "astuto" y sobre todo listo jabalí se aseguraba al máximo de los posibles olores de peligros de las zonas que rodean el comedero.

Entraba esto sí... ¿Pero aún receloso en él?

Teniéndole las horas cogidas del joven cazador, de las muchas veces que lo esperó, era ya más que imposible de poder conseguir sorprenderlo en el comedero, pues se venteaba a muy largas distancias las vueltas de entradas y salidas del comedero, entraba posteriormente siempre que lo esperaba después.

"A deshora". Ya el muy listo, seguro, recuerdo la primera vez que visitó el comedero con que desconfianza y sobre todo recelos entró en él. En esos precisos momentos de su llegada se encontraban dos jabalíes primarones comiendo del maíz y al verlo aproximarse, temerosos, dejaron el comer y se alejaron del comedero corriendo. Prevenidos estaban estos dos jabalíes primarones por el acoso que estuvieron sometidos durante unas noches por parte del jabalí indultado, le cogieron tal miedo hasta el punto, que tuvieron que aborrecer el comedero y abandonar la zona de donde me encuentro.

Deduje cuando lo vi, actuar con estos dos jabalíes jóvenes en lo egoísta y sobre todo guerrillero que es este jabalí. El joven cazador, que estudió en sus medidas y pobres conocimientos durante unos días, sus supuestos posibles movimientos. Comprobando en los mismos los rodeos que con muchos recelos y bastante desconfianza se movía sobre los alrededores de donde me encuentro, según como estuviesen los vientos entraba en la zona. No visitaba el maíz sin recelos... Porque mucho antes se aseguraba al máximo de todas las zonas y siempre entraba en ella el muy listo dándole los aires por todos los morros. La primera vez que se la jugó fue en una noche bastante calurosa, en el mes de julio, en la cual soplaban los aires del norte, noroeste y había un gallito grande de luna cuando se presentó, ya en todo lo alto de un cielo que se encontraba bastante estrellado. Recuerdo con nostalgia y sobre todo con mucha alegría los aguardo que le hizo a este sabio jabalí, este fue el primero. Esperaba con una ilusión tremenda el posible lance del jabalí indultado, soportando el incómodo y fastidioso "rin" "rin" de un grillo, que se encontraba este muy cerca del puesto, entorpeciendo los escandalosos sonidos otros sonidos del mundo de la oscuridad. Los mosquitos, en la noche, tan clara y calurosa, estaban más que insoportables y por mucho repelente que se roció el joven cazador, no paraban de molestarle, zumbando alrededor de su cabeza. Ya pasaron una hora que habían abandonado el comedero una jabalina, acompañada de cuatro jabatos, observándolos entusiasmado, disfrutó el joven cazador de esta piara, mientras escuchaba los tremendos ruidos que provocaban todos juntos comiendo los granos del maíz. Con fortuna y con un poco de suerte, pues en unos de los cambios repentinos de los vientos estuvieron muy cerquita de ventearse de su temido olor.

El jabalí indultado, cuando me visitaba, solía acudir más bien tarde y algunas visitas ya se presentaba a deshora. Los vientos cambiaron… Empezaron a ponerse variables, rotaban en varias direcciones. Temiendo y preocupado me puse con estos cambios repentinos, pues estaba llegando la hora que solía acudir el jabalí indultado y cuando diera el seguro rodeo para asegurarse del comedero y de las zonas de donde me encuentro, le llegaría a su potente olfato el temido y resabiado olor del joven cazador. Supliqué a los "Dioses de la Caza" que se diera cuenta cuanto antes de estos cambios improvisados de los aires, mentalmente lo animaba para que se levantara del puesto y lo dejara para otra ocasión, que le acompañasen mejor los vientos, temía que lo detestase el desconfiado y astuto jabalí. Le resultaría ya más que imposible con lo desconfiado y sobre todo, sus enormes recelos de poder conseguir sorprenderlo en el comedero. Yo estuve sufriendo esta noche por no poder trasmitirles estos pensamientos, pero claro, cuando lo vi que se estaba levantando del puesto, pensé emocionado al verlo que sí, se había trasmitido mis anhelados pensamientos.

No hacía ni una hora que había abandonado la espera, muy enfadado por estos cambios de los aires, cuando sentí el jabalí indultado por debajo del regatón, subiendo lentamente dirección hacia el comedero. Regresaba subiendo por una de las orillas, camuflada entre las jaras y retamas, haciendo bastante paradas, asegurándose al máximo con su potente olfato de los posibles peligros de todas las zonas que rodean el comedero.

Yo, viéndolo como lentamente avanzaba, me preocupé y temiendo me puse, porque como siguiera con sus lentos andares en esa dirección que llevaba, se cruzaría rápidamente con los rastros del joven cazador, dejado cuando abandonó enfadado la espera.

Observando el despacio y muy lento caminar, escuché un bufido muy corto y seco. Se cruzó con los rastros del joven cazador, mis súplicas esta vez no tuvieron efecto. El jabalí indultado, bastante escamado por estos olores, se giró… Dio la vuelta, se alejó por donde vino muy desconfiado y bastante receloso. Hizo "monta" cuatro noches seguidas, que fue lo que le duro el susto a cruzarse con los olores y rastros del joven cazador. La quinta noche, cuando lo sentí y lo vi actuar antes de entrar por las aproximaciones del comedero, sabía ya de antemano que lo tenía bastante difícil y muy "crudo" para poder lograr sorprenderlo en el mismo comedero.

Como un fantasma dio los rodeos hacia las zonas de donde me encuentro en largas distancias, se aseguró bien, pero muy bien, de los posibles peligros antes de moverse hacia el ansiado y deseado maíz. A la semana del frustrado aguardo me visitó el joven cazador, se alegró, estaba muy contento reflejándose la alegría en el rostro. Cuando vio y sobre todo reconoció las huellas del jabalí indultado, me recebó con las dos bolsas del maíz que traía y se fue muy rápido, enseguida sin pararse unos momentos para rastrear los alrededores del comedero y observa los rastros dejados del jabalí indultado. Le grité fuerte mientras se alejaba repetidas veces que, rastreara un poco las entradas que había tenido y los rastros que había dejados, pero no me hizo ni pizca de caso... "Nunca lo hace".

Tres días más tarde regresó, lo vi venir con pasos lentos y silenciosos entrar dentro del puesto. Aún le quedaba al sol más de una hora para desaparecer, ya se disponía disfrutar de la espera viendo como caía la tarde. Entretenido con dos palomas torcaces, acostumbradas estas a los granos del maíz y que no faltaban ninguna tarde, las miraba como picoteaban los granos. Los vientos estaban muy buenos, estupendamente daban de cara y eran fijos. ¿¡¡¡Cómo tienen que ser!!!?

"Pero no con este solitario jabalí". Las tres noches últimas antes de esta espera me había visitado en dos ocasiones, de las cuales comió bastante maíz, en la segunda noche también me visitó ya de madrugada una piara, que pasaban de paso, pero no se quedaron en las zonas por temor a este viejo macho al llegarle su tufo en varias ocasiones. Poco a poco, el egoísta y sobre todo guerrillero jabalí, se fue apoderando del comedero y de las zonas. Pendiente estuve esa noche de su posible llegada, observé en estas dos noches últimas lo mucho que se picó con el maíz y no tardaría mucho en visitar el comedero. La noche, que se encontraba muy tranquila y silenciosa, se alteró de pronto, con el vuelo precipitado de una perdiz, sobre la media farda del cerro de los cañizos. Mismo del frente al comedero. El jabalí indultado, no solía moverse por estas zonas para entrar en el comedero. Había tenido que huir la perdiz de otro jabalí... O quizás lo más probable de algún zorro. Cavilé en esos momentos escuchando su vuelo precipitado. Pero no... Era un jabalí, estaba bajando aproximándose con mucho sigilo por la derecha del puesto para coger los aires del comedero. Se paró mucho antes de llegar a las orillas del regatón, mi sorpresa fue mayúscula cuando lo detesté... Vi aparecer la figura esbelta del jabalí indultado. Con los andares que parecían lentos, pero no, cogió una de las orillas del regatón, avanzaba oculto entre las jaras y retamas, venteándose de las zonas del comedero. El joven cazador, que ya lo había detestado al sentir los pasos sigilosos sobre el pasto seco. Se encontraba bastante preocupado y sufriendo, era muy consciente de como siguiera en esa dirección, le llegaría rápidamente a su potente olfato el temido y resabiado olor de peligro. ¿Esto yo me lo imaginé, observando el avanzar de su lento caminar? Se frenó... Se paró en seco al ventearse del olor.

Oculto… Camuflado entre las jaras y retamas, venteaba fijo este punto donde emanaba este temido y sobre todo odiado olor de peligro, que desprendía el cazador. Mosqueado y bastante cabreado por no poder entrar en el comedero, debido a este olor de peligro que le llegaba desde las zonas de su ansiado maíz. Empezó un concierto de gruñidos y otros sonidos durante unos breves minutos, en tonos un poco alto.

El joven cazador, que se quedó más que sorprendido, también un poco asustado, por estos insólitos sonidos emitidos en el profundo silencio de la noche. Se levantó del puesto como un rayo, rápidamente giró… Se dio la vuelta, empezó con ganas y coraje a buscarlo con la luz del foco.

Pero era más que imposible de poder conseguir localizar, donde se encontraba, por la gran cantidad de jaras y retamas que lo ocultaban. ¿Desconcertado? Bastante aturdido, escuchó el misterioso enfado del jabalí, en forma de gruñidos durante unos cortos minutos que duró. El mañana siguiente, bien temprano, "regresó", me sorprendió la inesperada visita, rastreaba detenidamente todos los movimientos, que supuestamente llevo a cabo, el jabalí indultado. Yo, viéndole la cara de enfadado que traía, posiblemente, recordando la insólita y misteriosa bronca que se llevó por parte del jabalí. "Le susurré en voz muy baja". Tuviste que haber estudiado los posibles movimientos, antes de haberte colocado a esperarlo joven cazador. Pero no me oía... Me ignoró como siempre. Aun cuando insistí, aunque le grité y di la tabarra, no me escucho. Me recebó con el saco del maíz que traía y con una piqueta hizo un agujero no muy grande. Unos metros alejados del comedero, vertió sobre el mismo unos litros de aceite mezclado y se alejó con cara seria de muy enfadado. ¿No acudió en dos semanas, en las cuales pensé, que se había olvidado de mí? En este periodo trascurrido, el agujero que hizo lo trasformaron los jabalíes en una baña, se refregaban y barreaban en ella una jabalina con tres bermejos y también un solitario negro como la mora, con muchas cerdas muy tupidas y largas. Los meses de mayo, junio y julio las bañas de aceite mezclado le comentaron una de las muchas veces que se reúnen... Rosado "el campeón" y Maneli "el sabio" dos buenos compañeros... Más que amigos, que las suelen tomar con frecuencia los jabalíes, por los muchos parásitos que les atormentas con sus terribles picaduras, en estas fechas tan calurosas, son en estos meses muy efectivas. El jabalí indultado que se presentó a los ocho días y dio totalmente receloso, escamado y desconfiado con la zona, más vueltas que un perro perdido en una feria.

Antes de las aproximaciones hacia el comedero, nada más entrar en la zona tuvo un enfrentamiento con el solitario negro como la mora, que también tiene su poderío. El joven cazador, que se quedó bastante alucinado, sobre todo sorprendido viendo el hoyo que hizo trasformado en una baña, la cual se encontraba muy tomada.

¿La sorpresa que se llevó fue muy buena? Le llamó la atención unas huellas bien grabadas en mi vecina baña que, observándolas, detenidamente, las identificó como muy parecidas a las del jabalí indultado. Ya sus visitas fueron mucho más frecuentes, rastreando las zonas de donde me encuentro, ilusionado con las huellas del solitario jabalí indultado. Si yo pudiera trasmitirle, que es el mismo jabalí que piensa y como podría lograr de sorprender, si fuera posible comunicárselo, pensaba yo viendo el joven cazador obsesionado detrás de las pistas, bastante entusiasmada. Pero me resultaba más que imposible, porque nunca escucha mi voz. Llevaba ya más de una semana acudiendo prácticamente todas las mañanas bien temprano, estudiando los movimientos de los jabalíes en los trayectos hacia el comedero y vecina baña.

Y cada vez lo observaba más obsesionado, convencido que unas de las huellas que se marcaban en la baña pudieran ser del jabalí indultado. ¿Así se lo trasmitían una y otra vez… Se lo hacía de recordar su instinto de cazador. En las observaciones que llevó prácticamente a diario, comprobó que uno de los jabalíes subía por las orillas del regatón, sin salirse de ellas derecho al comedero. Lo tenía bastante fácil con los vientos del norte, o incluso del noroeste. El supuesto jabalí indultado lo tenía mucho más difícil y complicado, al observa en los rastreos la gran cantidad de rodeos en sus trayectos hacia los alrededores del comedero y ver las huellas de varias noches, por las traseras y alrededores del mismo puesto. Resultaba muy complicado de cazarlo, de poder conseguir sorprenderlo en el comedero. El joven cazador, que cada vez lo veía más obsesionado con los rastreos y al mismo tiempo más convencido. Pues las huellas le resultaban muy similares, también algunos de los movimientos que empleó cuando lo detectó. "Se ciega con cazarlo". Con su amor propio de cazador bastante herido, prácticamente por los suelos, recordando la bronca que se llevó cuando lo detestó, sí, que es verdad, que se había enganchado con darle caza, a este insólito jabalí. Una de las muchas mañanas bien temprana, que estudió los movimientos de los dos jabalíes. Observé como miraba detenidamente una encina de las zonas traseras del puesto, bastante alejada y fuera de tiro del comedero. La cual se encontraba con muchas ramas bajeras. Metido entre estas ramas bajeras estaría totalmente camuflado con el entorno… ¿Me quedé admirado!? Incluso llegué a pensar por unos instantes que sí, se había trasmitido mis pensamientos por la emboscada que le estaba preparando al egoísta, astuto y guerrillero jabalí indultado. Sus recelos, acompañados de la gran desconfianza y sobre todo el egoísmo, seguro que lo conducen hacia esa emboscada improvisada, un poco estudiada.

El joven cazador, que se encontraba muy impaciente por esperarlo, tuvo que esperar tres largos días para poder aguardarlo en este puesto improvisado, los vientos de estos días no le acompañaban. En este tiempo de espera no cambió apenas nada la situación de estos dos solitarios jabalíes en sus entradas hacia el comedero. Seguían prácticamente parecidas. Llegó por fin este día ansiado, muy esperado por el joven cazador, en el puesto improvisado en una noche clara con más de media luna, se encontraba perfectamente camuflado, esperando con una tremenda ilusión y muchas ganas el supuesto jabalí indultado.

¿Esa noche, que fue una noche mágica? Calurosa y muy clara. Iluminado el cielo de estrellas en el cual se hacía de notar la luna que blanqueaba con su luz el entorno en unos bellos tonos blanquecidos y lechosos. Que hacían estas luces de ver la noche mucho mejor. El jabalí negro, como la mora, pronto visitaría mi vecina baña, si más pronto lo pensé más pronto lo sentí, acudió subiendo por las orillas del regatón, bastante confiado. Solo se paró dos veces para asegurarse un poco, estaba bastante picado y aquerenciado con el maíz. Pero sobre todo con mi vecina baña. Se paró antes de asomarse al claro del comedero oculto entre las jaras y retamas unos momentos, después sin más entro confiado en el comedero.

El joven cazador que también lo había detestado, atento a los leves ruidos de como lo sintió entrar, pensó que no era este el jabalí que estaba esperando. El jabalí avanzó derecho hacia la baña y se dejó caer revolcándose fuertemente contra ella, rascándose los costillares y jamones con la dureza de la tierra rociada de aceite mezclada… ¿Apenas se podía sentir revolcándose? Después se dirigió al joven alcornoque, donde se rascó contra su blanda corcha.

Sin más se dispuso a comer los granos del maíz, provocando un fuerte ruido el masticar de los mismos. Pasaron unos largos minutos atentos, sintiendo el masticar del jabalí, sin poderlo ver por la gran distancia que se encontraba del mismo. Observé que dejó de pronto el comer, levantó los morros y olía el entorno.

Rápidamente, noté que estaba intranquilo, seguro que había detestado la aproximación del jabalí indultado. De pronto, sin más abandonó el comedero, se alejó caminando muy despacio, regatón hacia arriba. Yo, ya estaba muy pendiente del acercamiento del jabalí indultado, no andaría este muy lejos. Enseguida lo sentí, me sorprendió bastante ver la bella imagen subir por una de las orillas del regatón, derecho al comedero. "Me hizo de dudar durante unos segundos, si era otro jabalí". Pasó con los sigilosos, lentos andares, dejando el comedero hacia su izquierda...

Ni siquiera tuvo el detalle de mirar hacia el maíz, siguió con los tranquilos y lentos andares regatón hacia arriba. El joven cazador, que se encontraba todo descompuesto, cuando divisó en un pequeño claro, gracia a la claridad de la noche, el bulto negro del jabalí indultado moverse. Que caminaba con mucho sigilo, dando los rodeos por el inmenso jaral, de los alrededores del puesto antes de las aproximaciones del mismo. Receloso y desconfiado, se acercaba poco a poquito hacia el comedero, lentamente, se paraba con frecuencias en las sobras que proyectaba la luz de la luna, sobre las encinas vecinas, asegurándose al máximo de los posibles peligros de estas zonas próxima al comedero. Pero se aproximaba cada vez más y más, poco a poco, hacia el puesto improvisado, donde se encontraba el joven cazador como un flan esperándolo. Se salió del jaral a los claros… Ya lo tenía prácticamente a tiro, pero asombrado quedé, al verlo como esperaba, con mucha paciencia y nervios de acero, que se acercara aún más para asegurarse mejor él disparó. El jabalí indultado se paró por las traseras del mismo puesto, levantó la cabeza y miró hacia la zona del comedero. Yo, en estos momentos tan mágicos, maravillosos, rebozando de adrenalinas, me encontraba para darme un soponcio, porque no me explicaba que estaba esperando para abatirlo… El jabalí tenía la muerte "ahí". Estaba a tan solo unos metros del joven cazador, y para mayor gracia se había parado cruzado. Estos segundos tensos se hicieron una eternidad, esperando muy impaciente, escuchar él disparó de unos breves momentos a otro. Y en estos precisos momentos tan tirantes, repletos de adrenalinas en que me encontraba, de pronto sin más, me quedé sorprendido… Alucinado, el escuchar de unos griteríos.

-Muy, pero que muy fuerte del joven cazador.

-Descargando en ellos, toda la tensión que tenía acumulada. Ayyyyy… – ¡¡Ayyyyy!! – Báaaa… El Guarrooooó…

El jabalí indultado, a los desgarradores griteríos, salió como alma que se lleva el diablo, pasando casi rozando el improvisado puesto en su alocada y sobre todo muy asustada carrera.

Viendo abobado, como un tonto, el trote precipitado, asustado del jabalí. Escuché unas fuertes carcajadas y risas del joven cazador, "que no paraba este de reírse a carcajadas limpias".

Yo, sinceramente, querido lector y lectoras, en estos extraños y muy raros momentos, que no encontré explicación a lo que había sucedido, pero tenía que ser estos hechos muy divertido para el joven cazador. Pues no paraba de reírse... ¿Más tarde? Ya mucho más tranquilo, durante la larga noche, meditando todo lo sucedido. Llegué a una supuesta conclusión de estos extraños, raros acontecimientos.

¿Comprendí la insólita actuación?

- Disfrutó más... ¿¡¡¡Viéndolo correr!!!?

-Ganando esta insólita batalla de haber podido conseguir engañarlo, que de haberlo matado.

-Solamente contemplé un lance de esta forma tan rara de ejecución, del joven cazador... Mi creador.

COMEDEROS DE GANADO

Los comederos de las vacas, ovejas, o de cualquier otro tipo de ganado, querido lector y lectoras, esto sí… Un poquito apartado de los cortijos. "No demasiado" son muy del agrado de los jabalíes, no desconfía los ven naturales.

Yo los he visto entre las vacas comiendo tan tranquilo, sin alterarse las vacas.

¿Impresionante, juntos comiendo?

Por lo general se pican con la comida del ganado, buenos jabalíes y con un poco de conocimiento sobre el terreno, acompañado con otro poquito de paciencia, se pueden abatir muy buenos ejemplares.

LAS VAQUERIZAS

Noche clara, noche estrellada "no hay luna" … La única luz, la de las estrellas, miro al infinito, me encuentro ilusionado en esta espera, disfrutando de esta noche tan clara, pienso en el jabalí que estoy esperando. "Sueño con él", me lo imagino metiendo la cabeza, "colándose rápido por el potrillo" confiado por las muchas veces que ya pasó… Aquerenciado con él.

Ya le ganó la batalla el listo jabalí, al joven cazador, en un aguardo que le hizo semanas pasadas, en unas rascaderas muy tomadas, alejados sobre unos ochenta metros de la charca, donde aquerenciado con ella hizo las bañas.

En él aguardo improvisado, al cabo de más de dos meses detrás de la pista, domina el joven cazador, dos portillos y se encuentra esperándolo con grandes deseos de que cumpla por fin esta noche, se cuele rápido por uno de estos coladeros. Tres meses pasados se lo comunico Miguel, el vaquero, que algún que otro jabalí rondaba casi todas las noches, por los comederos de las vacas, pues sus perros con los enojados ladridos le avisaban, que ya curioseaban, merodeando las zonas.

El joven cazador, según conversaciones mantenidas de las muchas veces que viene acompañado de Miguel el vaquero a visitarme. Le escuché decirle, que también sintió los ladridos de los caninos en vario aguardo, que hizo en otros puntos de la finca, tenía curiosidad y ganas mucho antes de comunicármelo Miguel de pistear estas zonas alrededor del cortijo, ya casi prácticamente abandonado… Absorbido por el campo, pues sabía él de antemano, que los ladridos de los perros iban dirigidos a los jabalíes.

Una mañana bien temprana se decidió, le incitó la curiosidad y se acercó a pistear las zonas, la sorpresa fue mayúscula cuando observó un portillo, lo tomado que estaba, pero aún se quedó más sorprendido, observando lo rastreó aún fresco de pocas horas atrás, dentro de la misma cerca donde se encuentra la vaqueriza y los tres comederos de alpaca de las vacas.

Rápidamente, le entraron unas ganas locas de esperarlo, pero las muchas noches y lunas que ya tenía observadas, le hicieron de frenar.

La mañana siguiente, con las primeras claras del nuevo día, regresó con la intención de comprobar por donde podría acudir el jabalí... A ser posible donde supuestamente se encama, estaba convencido, al observar las impresionantes huellas, de que tenía que dar bastantes rodeos ante de aproximarse hacia los comederos de las vacas. Indagó en las dos charcas que tiene la finca, "una de ella", la más próxima de la cerca de las vaquerizas, para comprobar si se había barreado en una de ella, pues los alambres del portillo aún mantenían el barro fresco. En la charca de la tormera, "la más cercana" tenía tres bañas, una de ella se barreó la misma noche. Esta charca que está alejada a una distancia de más de un kilómetro, de la cerca de las vaquerizas, pues llegó a cogerle manía tras vario aguardo efectuados sin nada de éxito, en otros tiempos pasados por la situación que se encuentra del terreno, muy fácil para el jabalí coger los aires por lo ondulada, prácticamente en una olla y el aire por muy bueno que esté, hace efecto de tramontano... De rebote.

Aunque sí logró conseguir batir algún que otro jabalí, alejado de la charca, en los trayectos hacia la rascadera. Sobre unos ochenta metros de la charca hizo varios rascadero donde se refregaba los costillares, jamones y morros en tres encinas con dirección a cerca de las vaquerizas, "que por cierto", pudo observar los refregones del barro, la altura que estos tenían, donde dedujo el tamaño de este jabalí... Junto con los rajones que hizo con las impresionantes navajas en uno de los troncos de la encina más joven. Viendo estos rastros tan escandalosos y tan buenos, le entraron unas ganas tremendas de esperarlo, esa misma noche en los rascadero con los vientos del norte, que soplaban y casi siempre vienen fijo, incluso ilusionado preparó un puesto precipitado e improvisado, pero no sabía dónde podría estar encamado el jabalí, le hizo de dudar y caviló.

Que se podría ventear y cambiar de zona... Perderlo. Dos días después regresó para investigar si aún seguía entrando, efectivamente como dedujo y se lo imaginó, acudió otra noche comprobando los nuevos, sobre todo escandalosos rastros que hizo, "no propio de un jabalí de esta talla". En la charca de la tormera volvió a visitarlas otra vez, hizo otra baña y el rascadero preferido de él, la encina más joven, estaba muy tomada. Meditando, supuestamente reflexionó donde podría estar encamado, era muy importante para él de saberlo, tener una mínima idea, para poder esperarlo con un poco de fe, pues estos jabalíes viejos suelen encamarse muy cerca de los comederos para ventearse, están los muy finos en alerta... Atento para escuchar todos lo que se sienta por los alrededores antes de mover del encame.

La finca dehesa baja sin nada de mancha, hay algunas retamas salteadas y poco más. Sí, que la atraviesa un arroyo donde cobija las orillas algunos frondosos zarzales, donde se encaman los jabalíes que van de paso, con total seguridad pensó que tendría que estar encamado en uno de ellos. Esperó muy impaciente cuatro días, que cambiasen los vientos del norte o noroeste para poder esperarlo.

El día de la espera le entro la duda si aguardarlo en los rascadero, o en el portillo aquerenciado de la cerca de las vaquerizas. Decidió, aunque un poco dudoso, esperarlo en los rascadero, con la ilusión de que lo tiraría temprano, porque los jabalíes, cuando se levanta del encame lo primero que hacen en estos meses de verano es ir al agua, bien para beber o barrearse. Hay se encontraba el joven cazador, más contento que una castañuela, sentado entre unas retamas, bien camuflado entre ellas, con una hora de sol por delante esperando este jabalí. ¿Y por desgracia se equivocó por completo en hacer esta espera...?

Fue con la moral por todo lo alto, entusiasmado, pensando en darle cazar al jabalí, que posiblemente entraría temprano a la charca, bien para beber, o quizá barrearse. Pero no, ni mucho menos, después de tres tensas horas esperando, quedó sorprendido, en el profundo silencio de la noche, que reinaba en los precisos momentos, al sentí los enojados ladridos de los perros del cortijo, rápidamente, en alerta se quedó, intranquilo, pues no tenía ni la más mínima idea por donde había podido entrar el jabalí, en la cerca de la vaqueriza, que dirección habría podido coger y temiendo estuvo que, seguramente se hubiese venteado de él.

Rápidamente, se levantó del puesto, silenciosamente, se alejó lo más rápido posible, porque aireaba para la zona de las vaquerizas, estaba más que convencido que andaría por la cerca y después de comer, seguro que pensó que acudiría a la charca, en la dirección opuesta del aire que lo estaba esperando. El día siguiente, bien temprano, regresó a la charca la tormera, con la duda y el temor si se había movido por la zona, no puede apreciar por muy bien que observó ningún rastro fresco, ni en la charca, ni en los alrededores. ¿Se alegró? Más tarde se aproximó a la cerca de las vaquerizas y como se lo hicieron de saber los caninos del cortijo, el escuchar de los enojados ladridos, el muy listo y fino jabalí, como se lo imaginó sí, que la visitó… Hay dejo las huellas y rastros, se dirigió derechito al portillo para ver los alambres si tenían barro, observando el coladero, comprobó asombrado, "que no se coló", no había pasado esa noche, le incitó bastante la curiosidad por donde había podido haber pasado. Rastreó las alambreras de la cerca detenidamente, "comprobando" por donde el muy listo entró y también sorprendentemente, "más tarde salió" en un nuevo portillo que hizo alejado del otro unos cien metros, se alarmó bastante observando este nuevo portillo, tan alejado del otro.

Sabía de antemano que los jabalíes, "cuando abren campos", recelan, notan algo que, el instinto salvaje le trasmite "No normal" a otras noches, desconfían al máximo ampliando el terreno "no rutinario" de los coladeros. Dedujo que se había venteado con total seguridad de él, ya no lo tenía tan fácil para poder cazarlo, es estas rascaderas alejadas de la charca la tormera. Pero al mismo tiempo se consoló por no haberse resabiado, abandonando los comederos, de la cerca de las vaquerizas a comer del eno de las alpacas, que le abastece su amigo Miguel, el vaquero, todos los días a las queridas vacas y no desconfiara, esto sí, que le tranquilizó. Esperó unos días para que se volviera a confiar con la zona, antes de espéralo… Colocarse en los portillos de la cerca de las vaquerizas, pues lo tenía bastante claro donde aguardarlo, la mañana del tercer día que esperó que se confiara, se acercó bien temprano a la charca para comprobar si volvió entrar. Nada en estos días no la visitó. Sí, que acudió por lo menos según los nuevos rastros, que observó de dos noches, en la cerca de las vaquerizas, picado con el eno de las alpacas. Entró y salió por el nuevo portillo que hizo, pues el otro, misteriosamente, lo aborreció. Los alambres del nuevo portillo, se podía observar el barro ya seco de otra noche, tenía que haberse barreado en la otra charca que hay en otro punto bastante alejada de las vaquerizas, dedujo el joven cazador, pues el arroyo de estos meses caluroso de verano, se seca. Decidió visitar la charca, no consigue apreciar rastro alguno de este jabalí… Sí, que encontró bañas, pero de otros jabalíes de huellas más pequeñas y de hembras. Concluyó que se había barreado en algunas de las charcas, de la finca vecina. Se alarmó… Tendría que tenerlo muy en cuenta la situación de esta charca, "que hizo la baña" por mediación del aire la noche que lo aguarde.

Caviló, que de las cuatro charcas que tiene la finca, en tres de ellas, lo podría esperar en los portillos, como tenía pensado con los vientos del norte, o incluso del noroeste. La duda la tenía en la otra charca, que se encuentra en dirección opuesta, ya supuestamente, no tendría garantía esperándolo en estos portillos.

Decidió ver las alambreras de la linde de la finca vecina, por las zonas de las charcas, pero le resultó imposible, por los muchos coladeros que hay en los recorridos. Tenía que jugársela esa noche que lo esperará, sabía de antemano que estos jabalíes solo le dan una oportunidad, la tenía que aprovechar al máximo, procurando no cometer errores para esperarlo con un poco de seguridad. Hay se encontraba el joven cazador, como comenté al principio del escrito, con una ilusión tremenda, en este puesto bien estudiado y muy esperado, en esa noche tan estrellada, bastante clara, dominando estos dos portillos.

Los vientos le daban de cara, "estupendos", del norte fijo, confiado él, que siguieran así. Poquito a poco, oscurecía naciendo la noche, se despertaban los sonidos del mundo de las penumbras. Atento, vigilante, estaba mirando hacia los portillos cuando sintió la aproximación de varias vacas, dirección hacia los comederos. Sintiéndoles como comían, no dejaba de pensar en el jabalí... Cuando acudiría, cuando lo vería moverse por las alambreras dirección a los portillos, al mismo tiempo que le sumergían estos pensamientos... Estas grandes inquietudes, las calmaba consciente, el joven cazador, que se lo haría de saber los perros, "con los enojados ladridos" la aproximación del jabalí. Trascurrieron dos horas en un silencio total... Impenetrable, solo lo alteraba las vacas en algunos momentos por los alrededores, con leves ruidos que, sobresaltaban al joven cazador cuando los sentía. Intranquilo, cavilaba del transcurrí de este tiempo, si se hubiese venteado... Delatándose. Se serenaba pensando en los caninos, "en sus ladridos", siempre que lo escuchó fueron más bien temprano, a primera hora. De vez en cuando, ilusionado, miraba hacia las zonas de los portillos, teniendo más cerca el que aborreció por la situación del terreno, donde había una sola encina con ramas bajeras, hay se encontraba más bien camuflado, no tuvo más remedio que colocarse en este lugar para poder esperarlo, a muy de pesar suyo. Días después de aborrecer este portillo, misteriosamente noches más adelante lo volvió a tomar para salir de la cerca, también dominaba perfectamente el que se colaba cada vez que acudía para entrar en la cerca. Desesperado se encontraba al ver como pasaba el tiempo y no escuchar los ladridos de los perros del cortijo, después de cuatro horas de espera, solo le alteraba y le borraban estos tristes pensamientos, durante unos minutos, cuando sentía las vacas en ocasiones, pero ya cansado de tanta tensión de estas horas, pensaba en dejarlo para otra ocasión.

Sumergidos en estos tristes pensamientos, sin saber qué es lo que había fallado, escuchó de pronto la sinfonía maravillosa que con verdaderos deseos estaba esperando, "con ansias de oírla". Los maravillosos ladridos furiosos de los perros del cortijo, anunciándole la aproximación del jabalí por la zona. Todo descompuesto se puso al oírlos, pero al mismo tiempo, muy alegre, empezó a mirar como un poseído por todo el alrededor, esperando ver de un momento a otro la aparición del bulto negro del jabalí, aproximándose. Pasaron minutos, que se convirtieron en horas, sin poder sentir ni ver nada, pues hasta los caninos cesaron los ladridos.

Fugazmente, como por arte de magia, de pronto, sin escuchar absolutamente nada, se le hizo ver una sombra fugaz, pegada al portillo que coge de entrada.

Rápidamente, agarró el rifle, cuando sintió el ruido inconfundible, que produce los alambres de un portillo al paso del jabalí… Lamentablemente, no le dio tiempo de poder encarárselo. Cuando quiso prepararse por mucha prisa que se dio, se le pasó rápido, ya no lo veía tan claro, porque se movía el bulto negro que, "hacia el jabalí" muy rápido, hacia los comederos, de culo no se atrevió encender el foco. Esperó todo descompuesto, para darle un soponcio de lo nervioso que estaba, suplicaba a los Dioses de la Caza, que saliese pronto de la cerca, por este portillo que aborreció. Se lamentaba de su mala fortuna y se culpaba a si mismo de no haberlo sentido llegar… Haberse pasado. Con toda la sabiduría que empleó el jabalí, con el gran sigilo que tuvo al llegar, se alteró de pronto con los golpes que le daba a la chapa de los comederos… Dios mío, era impresionante escucharlos, tenía al joven cazador todo alterado, descompuesto, con el corazón acelerado al máximo. Y por si fuera poca tensión a la que estaba sometido, se juntaron los fuertes ruidos que producía el jabalí, con los impresionantes ladridos de los perros, que cuando sintieron los golpes en la chapa de los comederos, no paraban de ladrar. Imagínese por unos instantes, querido lector y lectoras, la angustia llena inquietud del joven cazador, teniendo el jabalí a ochenta metros. Tan lejos y tan lejos, al mismo tiempo, tan cerca y tan cerca… "No lo veía", pero parecía que lo tenía a dos metros. Deseando estaba que terminarse pronto el comer, verlo aparecer de un momento a otro por el portillo, después de más de veinte minutos que se le hicieron siglo, divisó, por fin el bulto del jabalí, acercándose tranquilamente, derecho al portillo, ya se tranquilizó, preparándose para recibirlo. Esperaba impaciente ya con el rifle encarado la aproximación. Se paró en el mismo portillo, observó la silueta del jabalí atravesado y no se lo pensó, no esperó que se colará.

Un disparo seco lo abatió, a dos metros del portillo que, cogía de salida de la cerca de las vaquerizas. Después de unos breves minutos, ya tranquilizado, más bien serenado, satisfecho con el lance, se arrimó para verlo y quedó impresionado, por el tamaño del jabalí... Su trofeo hubiese sobrepasado el oro, si no hubiera tenido una de las navajas partida.

EL CELO

Meses de celos, meses errantes, nómadas... Grandes trayectos de movimientos de buenos jabalíes, buscando estos olores que desprenden las hembras ya en celo.

El buen cazador, bien sabe aprovechar estos celos, estudiando los atrevidos movimientos, resultándole un poco más fácil de poder conseguir abatirlos en los acalorados meses.

Viejos machos que se pueden sorprender más fácilmente, pues el celo domina más poder sobre él, que su instinto salvaje, se hacen un poco más vulnerable. Toman menos precaución al juntarse con las piaras, para apartar esa hembra que ya se encuentran en celo.

Meses de grandes enfrentamientos, de estos jabalíes ya entrados en años, que por desgracia escapan malamente alguno más que otros.

LOS CELOS, DE UN VIEJO JABALÍ

Noche muy clara... de estas noches rasas que le gustan mucho al joven cazador, las estrellas acompañadas de media luna, se hacía de notar. ¿Más que otras noches? Allá en el cielo… En lo más remoto del firmamento, las luces iluminaban la oscuridad del infinito.

¿Unas brillaban mucho más que otras?

Él roció de la noche... De esta noche tan iluminada. "Humedeció", regó lentamente el campo y los puntitos del agua de las gotas, reflejados por la luna y estrellas, se hacía de ver cristalinos.

¿La noche tan hermosa…? ¿Mágica?

Duró hasta la madrugada, porque tuvo que fastidiarla una numerosa piara con su visita en el comedero, amanecido ya el nuevo día. Yo, que me encontraba muy emocionado y feliz... Pues al cabo de tres noches seguidas pasando de largo, tuve la fortuna de contemplar, durante unos minutos intensos, un solitario anciano jabalí.

Esta noche encantada, visitó el comedero por primera vez, tres noches anteriores, merodeaba por los alrededores del comedero sin aproximarse a él.

Pasando de largo y oliendo el dulce maíz a unas ciertas distancias, por fin decidió entrar en el comedero y comió de él. Quedé unos momentos admirándolo. "Observándolo". Contemplando con que delicadeza, "finura y arte" desvió una sola piedra del montón de ellas, que ocultaban el maíz, donde metió la lengua para comer del él. Que fino y sabio el jabalí, deduje, encantado, bastante "emocionado" viéndolo actuar.

Supliqué a los "Dioses de la Caza", que no visitaran el comedero ninguna piara, el resto de la poca oscuridad, que quedaba ya a la noche.

Difuminarían con total seguridad las pisadas tan hermosas, bien dibujadas que dejó el anciano jabalí, en los mismos bordes de mi vecina baña. Con el cielo enrojecido, anunciando con fuerza el nuevo día. Detesté a lo lejos un jabalí, que se aproximaba lentamente hacia el comedero. Sin apenas recelos, a los muy pocos minutos se presentó ya en el comedero. El jabalí con un par de años... ¿No tenía más? Gordo como un tejón y con muchas cerdas muy tupidas negras como el carbón.

Pasó pegado por los bordes de mi vecina baña, hizo un amén de dejarse caer, pero no quiso barrearse y siguió con los andares lentos derechos hacia el maíz. Yo, sinceramente, querido lector y lectoras, me alegré de no haberse barreado, quizás hubiese camuflados las huellas del anciano jabalí. El comedero que se encontraba recién cebado del día anterior, con las pesadas piedras encimas, bien colocadas. Solo desviada una de ellas, con mucho arte por parte del anciano jabalí. Este joven y gordo jabalí, que entró muy confiado por los olores impregnados del anciano jabalí. Dio dos vueltas alrededor de las piedras y con su potente olfato olía el maíz. Muy decidido metió los morros, brutalmente desvió las pesadas piedras, sin contemplación alguna, alejándolas y descubriendo el dulce maíz... Sin más se dispuso a comer, se dio un buen atracón. ¿No es nada de extrañar, su hermosa gordura? Con la misma se alejó regatón hacia abajo. Amaneciendo… Aclarando ya el día naciente, buscó el encame en la seguridad, que trasmiten los frondosos y lozanos zarzales de la ribera.

Iluminando las primeras claras, con estas maravillosas luces del alba, se aproximaba una numerosa piara y temblando me puse viendo los bultos negros que hacían los jabalís, como se acercaban cada vez más rápidos. Venían buscando el grupo numeroso de jabalíes, los encames en la seguridad que le trasmite los frondosos zarzales de la ribera, Contemplándolos como avanzaban cada vez más y más. ¿Temía ya lo peor? Y así fue, porque entraron y se repartieron por todo el comedero esta numerosa piara en la que se encontraban tres jabalinas ya adultas, seis bermejos y varios rayones. Pisotearon como era de esperar todo el comedero y encima, por si fueran pocas pisadas, dos de las jabalinas se barrearon bien. Se refregaron por toda la baña, "fastidiando", borrando las huellas del anciano jabalí, y del jabalí negro como la mora, gordo como un tejón.

Yo que, estando ilusionado durante toda la noche, esperaba impaciente la visita del joven cazador, la misma mañana, pero mi alegría se esfumó con la visita de la piara numerosa… Me encontraba triste, desilusionado con esta visita a última hora, bueno, ya prácticamente con el día amanecido.

Ya no podré contemplar la cara sonriente del joven cazador, de sorprendido y alegre, cuando hubiese percatado de las huellas del anciano jabalí, que dejó grabadas en los bordes de mi vecina baña. Con esta visita tan numerosa con seguridad las había difuminado, imposible de poder apreciarlas.

¡¡¡Tuvo que fastidiarlo la numerosa piara!!!

Asomando los primeros rayos del sol, iluminado ya con fuerza el lomo del cerro de los cañizos, abandonaron ya satisfechos todos los estómagos de la piara, que por cierto quedaron cuatro vagos y se alejaron a toda pastilla buscando los encames en los lozanos zarzales de la ribera. Disgustado y bastante mosqueado, quedé observándolos, mientras los perdía de mi alcance, pensando en el joven cazador.

Ya no podrá estimar las impresionantes huellas, que dejó bien marcadas cuando pasó por los bordes de mi vecina baña. La numerosa piara con las pisadas y baños las borraron, "no se enterará de la visita de este buen jabalí" … Ni del otro, sobre media mañana, asustadas, una pareja de torcaces comiendo del maíz, alzaron el vuelo. Dándome a entender los precipitados vuelos, la llegada del joven cazador. Al ver las piedras muy distanciadas unas de otras y observando el comedero los pocos vagos que había. Se imaginó, como si lo estuviera viendo, la visita de una gran piara. Rastreó detenidamente todos mis alrededores, sobre todo se paró más mirando mi vecina baña, que aún se encontraba con el agua turbia, totalmente revuelta de haberse barreado hacía muy poco tiempo las dos jabalinas.

No pudo apreciar las huellas de estos dos hermosos jabalíes, recebó el comedero, colocando encima las pesadas piedras y se alejó camino de la ribera, para ver los portillos de las alambreras. Le encanta observar estos coladeros para ver la circulación de jabalíes, que han tenido durante la larga noche. No habiendo trascurrido, una sola hora de su marcha, me sorprendió verlo regresar. Miraba minuciosamente, con detalles todos mis alrededores, después se dirigió hacia mi vecina baña. Estaba muy sonriente observándolo todo, deduje mirando su rostro alegre, que tuvo que ver las huellas por alguna trocha, o quizás por algún portillo del anciano jabalí. O quizás posiblemente la del gordo jabalí.

Detenidamente, miraba intentando localizarlas algunas de estas huellas que vio en los portillos... O en alguna trocha. ¿Su instinto de cazador así se lo trasmitía? ¿¡¡Pero no!!? Resultó imposible de localizarlas entre tantísimas huellas, menos aún en mi vecina baña. Después de rastrear, minuciosamente, todos mis alrededores, se alejó dirección al cortijo con la duda, sí, que es verdad. Que se alejó pensativo, cavilando sobre las huellas que contempló, que le alegraron el corazón. Deseando que hubiesen visitado el comedero. El atardecer del día siguiente, ya oscureciendo, la piara numerosa regresaba subiendo por las orillas del regatón, aproximándose. Viendo el avance cada vez más cerca, me temía otra vez lo peor. ¿Pero me quedé bastante sorprendido? Porque hicieron caso omiso al comedero y pasaron en fila india, guiado por la jabalina dominante, ni siquiera miraron hacia el comedero. Rápidamente, deducir que algunos refregones se tuvieron que llevar por parte del anciano jabalí. No es nada de extrañar de estos jabalíes viejos, siempre adorando la soledad y mientras más solo se encuentran, más seguro y tranquilos se sienten.

Pendiente estuve ya durante la noche, para verlo de venir de segunda vez, pero no se presentó, ni tuve la oportunidad de verlo de pasar, como en otras ocasiones. Esa noche no tuve el gusto de verle ni una cerda.

Sí, que tuve la visita del jabalí gordo... ¿Más bien tarde? Se aproximó bastante confiado y entró en el comedero sin recelo ninguno, que pronto cogió confianza. Se notó bastante la juventud, en la manera de como entró al comedero y como no esperaba menos de él. Repitió lo de la noche anterior. Las piedras del comedero las desvió una de otras, más de un metro y para justificar bien su gordura se dio un buen festín. Ya satisfecho se barreó, que por cierto agrandó la baña con sus kilos de más.

Ahí en mi vecina baña dejó las huellas bien marcadas y se alejó dirección "La Dehesa de la Jabalinera" y ya no volví a ver sus cerdas jamás por estos andares. ¿Mucho mejor para él? Porque, posiblemente, con total seguridad se hubiera encontrado un balazo "por todos los costillares" del joven cazador. Si no se lo encontró ya, con las dos figuras que están, estos dos pájaros muy abonados a la "Dehesa de la Jabalinera" y según escuché palabras del joven cazador, dirigidas a su amigo Rosado "el campeón".

Unas de las muchas veces que vienen los dos a visitarme. Menudos elementos están hechos el "fino" y el "indio" estas dos figuras no dejan pasar ni una.

Tres noches había pasado sin verles las cerdas al anciano jabalí. Este mes que fue a último de noviembre en pleno apogeo de los celos. Deducir que estaría de ronda buscando estas jabalinas ya entraditas en celos, posiblemente en las fincas vecinas. El joven cazador, que me visitó el día siguiente de la noche que estuvo el jabalí gordo. Lo vi de venir con cara alegre, esperando ver las huellas que vio en los portillos o trochas. Pero a medida que se acercaba su rostro se iba cambiando, comprobando desde lo lejos las piedras desparramadas. Ya en el comedero, observando las huellas que había de un solo jabalí, se alegró. Recebó el comedero colocando encima las pesadas piedras, ya se marchó más tranquilo, satisfecho. El anciano jabalí que se presentó al cuarto día, ya con las primeras claras del mismo. ¿¡¡¡Lo reconocí desde lo lejos!!!? Regresaba subiendo por una de las orillas del regatón, camuflado entre las jaras y retamas hacia el comedero, "lentamente", se paraba el listo frecuentemente, desconfiado, receloso de toda la zona de donde me encuentro, venteándola con su potente olfato, los posibles peligros. Me emocioné en estos momentos pensando en el joven cazador. Antes de asomar los morros al claro del comedero, en parada quedó unos instantes, oliendo el entorno y escuchando, con la misma, lentamente se dirigió hacia el maíz.

Que se encontraba como lo quedó el joven cazador, pues en esas noches últimas, no se presentó ningún otro jabalí. Muy pendiente, atento estaba yo de su actuación y como no esperaba menos de él. Hizo exactamente lo mismo que la primera vez... Desviando una sola piedra del montón, donde metió la lengua para comer los granos del maíz. Comió más bien poco, se dejó caer como un peso muerto sobre mi vecina baña, donde se barreó bastante. ¿Se puso guapo de barro? Hacía un frío que calaban los huesos esta madrugada y se protegió bien de estos fríos con el barro. No es tonto este anciano jabalí pensé.

Con los primeros rayos del Sol… Secándole ya el barro de los jamones, se alejó camino de la ribera buscando él encame. Deseé durante toda esa mañana la llegada del joven cazador, pues disfrutaría viendo las huellas bien grabadas en mi vecina baña. Pero no se presentó y el caso que lo vi muy ilusionado, animado estos días atrás, cuando contempló las huellas del jabalí gordo, esperaba su visita de un día a otro para comprobar si seguía entrando. Igual tenía pensado aguardarlo esta misma noche, deducir en aquellos momentos, cosa rara y muy extraña esto en él… Siempre espera con paciencia que se confíen, cojan querencia con el comedero antes de esperarlo. Dos días más tarde se presentó, el comedero estaba exactamente igual que lo quedó el anciano jabalí, en estas dos noches últimas no se presentó ningún otro jabalí. En suspenso… alucinado cuando se percató de las impresionantes huellas que tenían mi vecina baña.

¿¡¡¡Que enseguida, rápidamente reconoció!!!?

Pero aún más maravillado, viendo el hueco que había dejado la piedra desviada, que se podía ver el maíz de su interior. No quiso tocar ni colocar absolutamente nada. Comprobó la entrada que había tenido hacia el comedero y con la misma se fue, no quiso pisar mucho esa mañana la zona. La luz del día se apagaba lentamente, los sonidos de las penumbras, ya con prisa, se hacían de notar. Anunciando estos nuevos sonidos, la llegada del mundo de la oscuridad. Ilusionado… Emocionado me encontraba con ver otra vez la presencia del anciano jabalí, seguro que no andaría encamado muy lejos. Quedaba aún un hilito de luz natural, cuando me percaté de la silueta esbelta aparecer por las orillas del regatón, camuflando muy bien su bulto entre las jaras y retamas de las orillas. Con pasos que parecían lentos, pero no… Avanzaba rápido, derecho al portillo, aquerenciado con este portillo de las alambreras.

Se sentía seguro pasando por él, no sin mucho antes de recorrer unos metros largos de alambreras arriba, alambreras abajo, antes de colarse, entrar por el portillo. Se me tendría que poner cara de tonto, cuando todo nervioso me puse al verlo pasar de largo. Ni siquiera tuvo el detalle de mirar hacia la zona del comedero, Desilusionado, viendo entristecido como se alejaba de la zona, en su caminar que parecía lento, pero ni mucho menos, enseguida se perdió del alcance de mi vista. No me sentí extrañado de su actuación.

Estos viejos jabalíes no le gustan en absoluto repetir, noches seguidas, el mismo comedero. Porque desconfían de hasta ellos mismo, por esto no me extrañe que, no sé presentarse en el comedero. Durante toda la noche, la cual estuvo más bien aburrida, los jabalíes escasearon, se mudarían de zona y no sentí nada... Excepto los insoportables croaré de las ranas de la ribera, que no se callaban ni un solo segundo.

La mañana siguiente, como yo me lo suponía, se presentó el joven cazador, impaciente por ver si acudió el anciano jabalí... "Pero no". El comedero y baña seguían aún como lo quedó. Un poco contrariado y desilusionado al comprobarlo y se fue rápido. Este mismo día, al caer de la tarde, ya con el sol apagándose lentamente, me alertaron unos discretos ruidos. Rápidamente, puse la mirada en este punto y apareció la bella imagen del anciano jabalí. ¿Venía ya barreado de la ribera? La bella imagen, con estos reflejos de luces ya opacas. Este maravilloso "oleó" … Estampa de los mágicos momentos, fue una auténtica maravilla y una verdadera gozada de haberlo podido contemplar. Con andares que parecían lentos, "sigilosamente" se dirigió hacia el maíz, levemente con los morros, desvió una sola piedra del mismo lugar que, desvió la otra la noche pasada y comió bastantes granos del maíz. No quiso dejarse caer sobre mi vecina baña, venía ya barreado, pero pasó por los mismos bordes, donde dejó muy bien dibujadas las impresionantes huellas. El joven cazador, que se había obsesionado con estas impresionantes huellas... "En el alba de la fría madrugada". Iluminando las primeras claras del nuevo día, ya estaba disfrutando viéndolas. Rastreó minuciosamente todo el alrededor, consciente de la envergadura de este viejo jabalí y estudió en sus medidas de conocimientos, los posibles movimientos que, supuestamente, había tenido el astuto anciano jabalí. Observó en uno de los portillos de las alambreras, el paso que había cogido de entrada y que también confiado, aquerenciado con el portillo, se coló de recogida. Con todo lo visto se marchó, ilusionado y muy satisfecho. La siguiente noche, "raro esto en él", también tuve su agradable visita. Anteriormente, unas horas antes, había estado una piara que entró en la zona esta misma noche, rebuscando comida por los alrededores, le llegó el olor del maíz. Una de las jabalinas se encontraba en celo.

Las piedras del comedero las desparramaron por los alrededores sin contemplación alguna, descubriendo el dulce maíz. Estuvieron más de quince minutos comiendo a dos carrillos, sin parar ni un solo segundo. Provocando unos tremendos ruidos el masticar de los granos. ¿Apenas quedaron cuatro vagos del maíz? El viejo macho rebuscó y arrebañó los pocos vagos que les había quedado. Después se dejó caer sobre mi vecina baña, se refregó costillares y los lomos, con bastante energía. A duras penas se le podía sentir barreándose, esta visita duró más bien poco, se alejó rápidamente, siguiendo el agradable olor que desprendía la jabalina que se encontraba en celo. Por el mañana bien temprano, esperaba la visita del joven cazador, "no me defraudó". Con las primeras luces del alba, ya estaba observando el comedero. Muy tomado de la noche, sí, que pudo apreciar bien las impresionantes huellas del viejo jabalí, marcadas perfectamente en los mismos bordes de mi vecina baña. Recebó el comedero, entusiasmado con estas huellas, estudió en sus medidas y conocimientos los posibles movimientos, que habían tenido estos jabalíes, ¿Intranquilo e impaciente? Deseoso por esperar cuanto más pronto mejor, las enormes huellas, por temor que desaparecieran de la zona. Pero los aires de ese día no le acompañaban para el puesto, y a muy de pesar suyo, lo tuvo que dejar para el siguiente día. La siguiente noche, no se presentó ni la piara ni el anciano jabalí, sí, que lo vi pasar de madrugada por el portillo aquerenciado con él, "para mi mayor sorpresa" en compañía de la jabalina en celo, dirección la ribera en busca de los encames. El atardecer del día siguiente, con la moral e ilusión por todo lo alto, se encontraba esperando estas huellas que lo tenían obsesionado y que esperaba con una ilusión tremenda que sé presentarse pronto en el comedero. Desde el puesto miró las piedras que no las habían tocado, de lo cual se alegró mucho...

Se hizo la noche, noche no muy clara, enturbiada por las muchas nubes. La más de media luna, se dejaba de ver más bien poco entre estos nubarrones. Atento a estos sonidos del mundo de las penumbras, vigilante… En alerta se encontraba el joven cazador, al sentir unos leves raspa-geo, dentro de la caja del regatón. Un poco más tarde, el inconfundible ruido, que producen las alambreras de un portillo, al paso de un jabalí. Le encendió fugazmente el corazón, disparándose al máximo la adrenalina de todo su cuerpo. Gracias a los "Dioses de la Caza" la luna, por fin se pudo liberar de las nubes que la ocultaban. El joven cazador miró hacia ella, mentalmente se lo agradeció, en segundos se iluminó... "Se blanqueó la noche". Con el rifle agarrado, ya preparado, esperaba impaciente acontecimiento, deseando cuanto antes la aproximación del jabalí. Contrariado, más bien frustrado. Observando entristecido, desde lo lejos, como dos bultos negros pasaban de largo, alejándose rápidamente del comedero. El anciano jabalí, acompañado de la jabalina en celo, no quiso presentarse esa noche en el comedero. El joven cazador esperó y esperó, durante cinco largas horas, agotado y muy cansado por la gran tensión de las muchas horas de espera, desilusionado, abandonó. Se alejó pensativo, recordando las enormes huellas que visitan en ocasiones el comedero y bastante preocupado, por si acaso el jabalí se venteó de su olor. Clareando el cielo, con las primeras luces del alba. La siguiente noche, sí tuve la inesperada visita del anciano jabalí... Que, para mi mayor sorpresa, vino otra vez en compañía de esta jabalina en celo. La jabalina no tuvo contemplación con el montón de las piedras del comedero y las apartó brutalmente. Se dio un buen atracón del maíz, "sin embargo" el viejo jabalí, apenas comió. El celo, lo tenía demacrado y se le notaba bastante la pérdida de peso, de estos encelados días. Sí, que se barreó bastante. El barro le brillaba con las luces del alba, se hacía muy hermoso de ver.

Abandonaron rápidamente el comedero, para encamarse en los frondosos y lozanos zarzales de la ribera. El joven cazador, que, si hubiera venido unas horas antes, se hubiera encontrado con los dos jabalíes. Se llevó una agradable alegría, contemplando los rastros muy recientes y aún más, cuando vio el portillo de las alambreras que, tenía el barro pegado, aún se mantenía este fresco. Se imaginó rápidamente viendo las huellas de la jabalina acompañadas con las del viejo jabalí. Que posiblemente los dos jabalíes, que sintió pasar por el portillo y después lo observó a lo lejos alejarse.

¡¡¡Pudiesen ser los mismos jabalíes!!!

Más contento que unas castañuelas, se alejó y el rostro reflejaba, con verdaderos deseos, las ganas de esperarlos cuanto antes. Yo, conociéndolo, esperaba que acudiese la misma noche… No me equivoqué. Con una hora del sol por delante, se aproximaba silencioso al puesto, pero me llevé una inesperada sorpresa, que fue mayúscula, cuando pasmado lo contemplé, pasar de largo del puesto, derecho al portillo.

¿¡¡¡Me sorprendió bastante esta improvisación!!!?

Se acopló en el tronco de una frondosa encina, alejada del portillo unos setenta metros, en cuyos bajos había muchas ramas bajeras. Tapado con esta vegetación, estaba totalmente camuflado con el entorno. Me quedé un rato pensativo, mirando como rápidamente preparó todas las cosas de espera. ¿Sí que es verdad? Qué, el viejo jabalí, cuando pisaba la zona, no siempre visitaba el comedero. "Sin embargo", siempre lo veía pasar por este coladero. Lo tenía muy claro, no se lo pensó mucho, esperé y deseé, que cumpliese los jabalíes, se colasen por este portillo. El sol, bajaba rápidamente, en minutos desapareció por el "Cerro de los Cañizos".

Mirando el crepúsculo se encontraba, viendo caer la tarde, en estas luces opacas, sintió un leve ruido un poco confuso, por la zona del regatón, atento a este insignificante ruido, rápidamente giró la mirada sobre ese punto. Minutos después, aparecieron dos bultos de jabalíes, pegados a las alambreras, lentamente, subiendo la pequeña rampa. En segundos el instinto de cazador se disparó, "se aceleró" subiéndole al máximo la adrenalina, cuando detestó los dos bultos negros aproximándose. Se agarró al rifle como un poseso y su cuerpo se pegó al tronco de la encina como una lapa. La jabalina se paró mucho antes de llegar al portillo, el viejo macho siguió en avance, con sus lentos andares pegado a las alambreras, dejó el portillo atrás.

El joven cazador, temiendo, "sufriendo" captando el avance del jabalí… Unos metros más adelante lo delataría su temido olor. Se encaró el rifle con la intención de disparar, antes de que se cruzara con su olor… Se venteé de él.

¿¡¡¡Un poco alejado sí, que estaba!!!?

83

Pero no tenía más remedios que jugársela y disparar, metros más adelante lo detectaría su olor. Gracias a los "Dioses de la Caza" … Se paró. El joven cazador, con el rifle encarado, todo descompuesto, esperando que pasara una chaparra, que le impedía la visión, pero se quedó con el rifle encarado, esperando el paso de esta joven chaparra. Breves segundos después, sin más se giró, se dirigió derecho al portillo, parándose en el mismo. ¿Observando al joven cazador, todo descompuesto, "sufriendo"? Mentalmente, animaba a los dos jabalíes, para que metieran los morros por el portillo y se colasen cuanto antes. No quiso pasar el viejo macho, avanzó con sus lentos y sigilosos andares hacia adelante, hasta llegar donde se encontraba la jabalina en parada.

El joven cazador, que estaba para darle algo, viendo moverse el bulto negro pegado a las alambreras. De pronto se movió la jabalina hacia el portillo, el viejo jabalí la siguió. A tan solo unos metros del portillo, en paradas quedaron otra vez, la jabalina no se lo pensó mucho, "pasó" … Se coló rápido, pero el viejo jabalí, siguió otra vez con sus sigilosos andares hacía adelante. Con el rifle ya preparado, esperando emocionado, que pasara esta vez la joven chaparra, pero se paró mucho más cerca, que la primera vez. Giró bruscamente el cuerpo y se marchó rápido, hacía el portillo. Se aplastó como una liebre, arrodilló las manos y se coló en plancha... Provocando unos fuertes sonoros ruidos, las alambreras del portillo al paso. Tembloroso e impaciente, pero con nervios de acero, el joven cazador los esperaba. Pero los dos jabalíes, parecían que estaban pegados al terreno, no se movían para nada. Detesté rápido, que estaban intranquilos, los instintos salvajes les avisaban de un peligro, que no podían detestad. Después de unos minutos largos e intensos, avanzó la jabalina derecha al comedero, detrás de ella a tan solo unos metros, el anciano jabalí.

Ya más tranquilo, apreciando el avance, esperó tembloroso, pero con nervios de acero la aproximación. Pasó la jabalina tan cerca del puesto improvisado, que la podía tocar con la mano. El viejo jabalí, que se le notaba bastante encelado, detrás de ella, la seguía.

¿¡¡¡Como un corderino!!!?

Un disparó en seco, paró sus lentos andares y celos. Estos malditos "celos" que le hicieron vulnerable y lo guiaron derechito hacia la muerte.

FORTALEZA SALVAJE

Sinceramente, querido lector y lectoras, en mi trayectoria como cazador, no he visto un animal herido con más fortaleza que el jabalí. Sacan fuerzas de donde no las hay, sobreviven muchos con grandes defectos que, cualesquiera otras especies salvaje no podrían subsistir…

En pocas raras ocasiones, he podido observarlo sin mano, otro sin una pata trasera, algunos más que otros con balazos ya curados. Este jabalí que relato a continuación, le faltaba la mano derecha a gran altura y terminaba en una especie de moño ya curado. Había que verlo como se movía sin mano, hasta que no me acerqué a verlo, no pude apreciar su defecto.

EL JABALÍ MANCO

Observando labores de siembra de la cerca, me vino los recuerdos de un lance en el cual quedó bastante sorprendido el joven cazador, que cara de atontado se le puso, cuando vio el jabalí, sin la mano derecha. Aquel año sembraron la cerca por primera vez de trigo cabezorro, una mitad y la otra mitad de avena, que llegó a coger una altura impresionante.

Que, lamentablemente, tuvieron bastantes consecuencias estas alturas, pues las tumbaron unas fuertes rachas de vientos, las acotaron de tal manera, que fue imposible de poder cosechar las máquinas. Cuando recogieron el trigo cabezorro, entraron vacas, que las aplastaron aún mucho más, dejando mucha avena aplastada que no pudieron pastar. En los meses de mayo, junio y julio, estos meses fueron maravillosos en cuantos números de jabalíes, que venían atraídos desde sierras muy lejanas hacia la avena, más tarde del trigo cabezorro.

Disfrutando el joven cazador, con los lances que le regaló la siembra durante estos meses. Primero la avena... Más tarde el trigo cabezorro y que no faltaba ninguna noche que no acudiese un jabalí. Incluso llegó parir una jabalina primeriza, en las orillas del regatón. Le contó varios nidos en la zona, que suelen hacerlos estos nidos para despistar... Eligió el del regatón.

El maravilloso mes de mayo, de aquella fecha, sucedió un lance que le quedó grabado al joven cazador, con admiración hacia un valiente y muy bravo jabalí. Cuando vio el protagonista del lance, se quedó abobado, bastante sorprendido, mirando el bulto negro que, hacia el jabalí, en los raros y complicados andares, dirección hacia el maíz. ¿¡Cómo se movía!?

A pesar de su gran defecto, su desconfianza adquirida y recelos a raíz de lo sucedido con el accidente, se trasformaron estos en sabiduría, adquiriendo aún con mucha más fuerza el instinto salvaje de supervivencia. Yo, sinceramente, querido lector y lectoras, también quedé asombrado cuando me percaté... Me fijé bien detenidamente, en su gran lamentable defecto.

¡¡¡La pérdida de la mano derecha!!!

Posiblemente, arrancada por un accidente de pequeño, quizás la causa también hubiera podido ser un lazo... O posiblemente un disparo. Sí, que es verdad, que el joven cazador se quedó como atontado, en los momentos de su aparición, observando los movimientos muy raros del caminar de este bravo jabalí, hacia mi vecina baña. Una de las muchas mañanas, rastreando las pistas de los jabalíes, le llamó la atención unas huellas muy bien marcadas, gracia al terreno emblandecido de las lluvias de la noche. De un jabalí, que no marcaba la huella de la mano derecha dirección la ribera. El jabalí muy receloso, bastante escurridizo al máximo, lo observe, en varias ocasiones, que evitaba por todos los medios posibles cruzarse con otros jabalíes, sobre todo con las piaras... Estando estas piaras muy aquerenciadas con la siembra.

Los insoportables picotazos de garrapatas, "mosquitos' y demás insectos, en fechas primaverales, lo empujaban hacia mi vecina baña, que le aliviaban momentáneamente, de los tormentos, de las picaduras, de estos indeseables insectos. Una semana atrás de observar las huellas, bien marcadas, del jabalí manco. El joven cazador abatió un solitario jabalí que, estaba este muy aquerenciado con el maíz.

¿¡¡¡Teniendo que disparar, dos disparos!!!?

No le gusta nada de nada verlos de sufrir, los remata inmediatamente.

Cuando dispara, recelan del comedero y baña durante un tiempo… ¿Recelando y desconfiando también de la zona? Hay que esperar unas semanas, que cojan otra vez querencias los jabalíes lugareños de la zona, con el comedero y vecina baña. El jabalí sin la mano derecha, en los precisos momentos de los dos disparos.

Ambulaba muy tranquilo por las orillas del regatón, subiendo hacia el comedero y el escuchar de los disparos se paró en seco. No corrió. ¿Ni siquiera se movió? En parada, oculto entre las jaras de las orillas del regatón, observaba muy atento todos los ruidos del trajín de la movida, que tenía el joven cazador, mirando el jabalí. Qué, como si fueran pocos los escándalos, encima de propina de lo contento que estaba, cuando se percató y se fijó bien en el trofeo que portaba. Le añadió una voz fuerte de alegría, "observándolo". Tuvo que destriparlo por el mucho calor reinante de la noche.

Una vez destripado, lo colocó como para hacerle una foto, de esta forma se desangran mejor y no se cuece su carne, con el calor que mandaba la tierra en fechas muy avanzadas ya de primavera. Con la misma se fue, el siguiente día bien temprano lo recogió con la ayuda de José, el hijo del pastor. Esa misma noche… Amaneciendo el nuevo día, me llevé una inesperada y sorprendente visita, que ni por ensoñación podría haber imaginado, sentí unos silenciosos y raros andares, que con mucha cautela estos misteriosos pasos, se aproximaban al comedero. Atento a estos leves ruidos, apareció camuflada entre las jaras la cabeza del jabalí manco, que se había parado sobre unos setenta metros ocultos entre las jaras y retamas de las orillas del regatón.

Observaba en parada, el jabalí muerto, levantó los morros para olerlo, "pero no se acercó" … Se dio la vuelta y se alejó dirección las zarzas de la ribera.

Amaneció el nuevo día, con pinta de ser muy caluroso, se disponían llevar el jabalí hacia el coche José, el hijo del pastor, con la ayuda del joven cazador. Se cruzaron en el trayecto con las huellas del jabalí, sin mano derecha, reciente de hacía poco tiempo. ¿Hostia, mira por donde ha pasado un jabalí, no hace mucho? Dijo el joven cazador, José le contestó, que es muy pronto para venir atraídos por las tripas y órganos del guarro. Suelen acudir por los olores, unas noches más adelantes, este jabalí pasaría de paso. No les dieron mucha importancia a las huellas y siguieron con la tarea de trasportar el jabalí. Más tarde, me recebó con un saco de maíz. También vertió unos litros de aceite mezclado, sobre mi vecina baña. La noche posterior no me visitó ningún otro jabalí, la siguiente noche sí. Acudió uno que se aproximó un poco receloso, desconfiado, pues dio unos pequeños rodeos por el inmenso jaral de la zona, antes de asomarse a los claros del comedero.

Ya más cerca, enseguida reconocí el jabalí, sin mano derecha, regresó atraído por el insoportable olor, que desprendía los restos de órganos, que quedaban del jabalí. Ya las dos noches anteriores comieron de ellos una pareja de zorro y en estos momentos se encontraba uno comiendo. Oteando al jabalí, como se aproximaba, dejó el comer, se alejó corriendo. Desconfiado y receloso, empezó a comer los pocos restos que había... Yo, me quedé mirándolo, sí, que me fijé muy bien asombrado, lo que tenía por mano. Lo que habría tenido que padecer y sufrir hasta que sano y cicatrizó la herida, que terminaba en una especie de moño, casi a la altura de la rodilla.

Los fuertes y duros que son los jabalíes, cavilé mientras lo miraba asombrado... ¿Admirado?

Después de comer los restos que quedaban, que eran más bien pocos, se acercó a mi vecina baña, se dejó caer, quieto, sin moverse para nada durante unos segundos, como si estuviese relajándose. Más tarde, se refregó en el tronco del joven alcornoque, con bastante energía, costillares, lomos y morros, señalando la blanda corcha del mismo, las tremendas e impresionantes navajas, que sobresalían de los morros. Se alejó con el mismo sigilo y recelo que acudió, sorprendentemente, no comió del maíz. Regresaba con frecuencia, estaba muy aquerenciado con mi vecina baña, pues del maíz comía más bien poco. Todo lo contrario que un jabalí serranito, que llevaba ya varias noches visitándome y comiendo bastante del maíz. El joven cazador, que desde el día que trasportó el jabalí con la ayuda de José, el hijo del pastor, no se le veían los pelos. Cuando aparezca, que yo deseaba que fuera pronto, se llevará una grata sorpresa cuando vea los rastros tan escandalosos, dejados de estos dos jabalíes, por todas las zonas de donde me encuentro, sobre todo mi vecina baña, lo tomada y seguida en la que se encontraba.

Con la afición que tiene de espera, seguro que no se lo pensará, cavilaba yo impaciente, durante la mañana, no se hizo de rogar mucho la presencia. Con la sonrisa de oreja, a oreja, miraba los rastros tan escandalosos que, había dejado estos dos jabalíes en el comedero, sobre todo le llamó mucho la atención y se paró aún más, mirando las huellas impresionantes, bien marcadas, que tenían mi vecina baña, que se encontraba muy tomada. Ya más tranquilo rastreó las entradas que había tenido, observó que entran en el comedero sin muchos recelos, sobre todo uno de ellos, hacia mi vecina baña.

Deseoso e impaciente por aguardarlos, tuvo que esperar dos días que se le hicieron muy largos esperando que, cambiasen los aires del norte, o noroeste, son estos aires los ideales para el puesto.

Llegó este día esperado y con los últimos rayos del sol difuminados por el "Cerro de los Cañizos", se encontraba el joven cazador esperando con mucha ilusión y ganas, pensando en el posible lance. En una noche que se encontraba clara, completamente estrellada, bastante calurosa para un mes de mayo. Los mosquitos, en la noche, tan luminosa y calurosa, estaban más que insoportables, atormentaban torturando al joven cazador, que no podía evitar ni mucho menos los tremendos picotazos.

¿Y estaba muy tranquila, en cuantos otros ruidos?

Trascurrieron tres horas en un silencio total, sin nada de movimientos de jabalíes, todo lo contrario, en cuantos movimientos de mosquitos. El joven cazador, no se estaba quieto ni un segundo, movía las manos constantemente, intentando ahuyentar, de evitar los terribles picotazos. El Jabalí sin la mano derecha, cada vez que me visitaba, solía acudir temprano y cuando no se había presentado ya, "en estas horas" que habían pasado, deduje que ya no vendría. Sí, que se aproximó el jabalí serranito, aquerenciado con el maíz. Se presentó como un fantasma, comenzando a moverse por los alrededores del comedero, como si fuera montado en una nube... No se delató absolutamente para nada, ni hizo el más mínimo ruido, aproximándose, en parada sobre unos sesenta metros del comedero, miraba unos movimientos muy raros en la encina más próxima de su deseado maíz y como un perro de muestra se puso bastante curioso observándolos.

Tranquilamente, observaba, los movimientos de las manos del joven cazador, en su gran batalla y lucha que tenía intentando ahuyentar los endemoniados mosquitos. Estuvo parado el listo y muy fino jabalí, durante unos minutos largos mirando curioso, sin perderse ni un solo detalle, con la misma desapareció igual de sigiloso que llegó.

El joven cazador, que ni por ensoñación se enteró de que el jabalí quiso darle y se las dio muy bien dada la buena noche, a su manera cochinera. Una hora más soportó el tormento, el cual estaba sometido, abandonando el puesto, procurando hacer el menor ruido posible, por si acaso estuviese algún jabalí por los alrededores, que no les sintieran los pasos abandonando la espera. Pasó muy cerca de donde estuvo parado el listo jabalí serranito, curiosamente, observando todos sus movimientos. Pobre ignorancia del joven cazador... Pensé, si él supiera que, había tenido el jabalí tan cerca, mismo detrás... En las traseras del puesto, mirando y observando sus movimientos de manos una y otra vez, los pensamientos seguros que serían otros...

¿Pero claro, esto, es más, que imposible? Esta noche el jabalí, sin mano derecha, le acompañó la suerte al joven cazador y no se presentó, sí, que me visitó la siguiente noche, madrugó mucho más, que en otras ocasiones. Posiblemente, este motivo de haber regresado tan temprano al comedero, hubiese sido él encame. Habría tenido que estar encamado muy cerca, lo más seguro en los frondosos y lozanos zarzales de la ribera. El día siguiente, al caer de la tarde, con el sol, casi ya tapado por la loma de cerro de los cañizos. Sentí la aproximación de un jabalí, que venía subiendo por las orillas del regatón hacia el comedero, enseguida apareció la figura del jabalí, sin mano derecha. Me sorprendió bastante regresar sin apenas recelos y tan temprano derecho hacia mi vecina baña. Es tan desconfiado, apenas tomo precaución y esto en él, me extrañó bastante. Las garrapatas, mosquitos' y otros insectos, tendrían que tenerlo frito de picaduras, esto tuvo que influir mucho para moverse más temprano que otras veces, buscando la deseada y ansiada baña. Esta misma noche, se presentó una jabalina, acompañada de un solo bermejo, al principio cuando los sentí aproximarse y los observé, me confundieron.

Me imagine, por unos instantes, un solitario jabalí acompañado del escudero, no es muy frecuente ver una jabalina, con un solo bermejo. Comieron bastante del maíz, sin recelos ninguno, confiados por los olores y rastros dejados del jabalí manco. Con los estómagos ya repletos se alejaron camino de la ribera, no sin ante barrearse la jabalina sobre mi vecina baña, y rascarse sobre el joven alcornoque. Esperaba deseoso la llegada del joven cazador, temiendo quedarme sin maíz, pues ya llevaba una semana sin aparecer,

Concediendo con estos pensamientos lo vi de venir por las orillas del regatón, como siempre viene... Mirando hacia el suelo, rastreando. Examinaba con detalles los pasos de los jabalíes, entre el manto blanco, que reflejaba la hermosa flor de las jaras. Desde las orillas observaba las trochas y pasos que, "hicieron en el trigal" realizado con el trajín que se traían noche, tras noches. No esperaba encontrar con tan poco maíz el comedero, regresó sin él. Miró las huellas de la jabalina muy borrosa, en la arenilla convertida en polvo de la vecina baña.

Le llamó la atención el tamaño de las huellas. ¿Sin poder muy bien de apreciar? Imaginé, más bien pasó por mi cabeza, que como le entrase la jabalina con el bermejo, seguro que ni se lo piensa el joven cazador. Los vientos estaban esta noche soplando del noroeste, estos vientos no son malos para el puesto, siempre y cuando no den más rodeos recelosos, buscando los aires de estas zonas de peligro del comedero. Colocó unas ramas del puesto que las habían descolocado los vientos y se marchó. Sus pensamientos estaban en aguardarlo la misma noche. El joven cazador, que se encontraba muy ilusionado, era consciente, de no traicionar los vientos, tendría muchas posibilidades de tener un lance. La vecina baña se encontraba muy tomada, seguida de noches continuas. Con el sol ya ocultándose, preparó rápido todos los aperos de espera. A continuación, se roció de repelente de mosquitos a dos carillos, los picotazos de la última espera no se le olvidaron tan fácilmente. Yo, deseaba que acudiese el jabalí, sin mano derecha, porque se llevaría una gran sorpresa si acude la jabalina y la abate, creyendo que es un buen macho. Bueno, deduje rápido… De todas las maneras se la llevará, si caza uno de los dos. Bien la jabalina. ¿¡¡¡O el jabalí manco!!!? La silueta del sol, hacía un tiempo que desapareció y empezó oscurecer, entre estas luces opacas sentí un pequeño arroyar, debajo del regatón. Atento estuve para ver quien lo había producido, que lo más probable que fuesen del jabalí, sin mano derecha, pues llevaba ya dos noches seguidas haciendo "monta" y últimamente, cuando me visitaba, se dirigía sin demora hacia mi vecina baña, pues del maíz comía más bien poco. Enseguida se dejó de ver, y era Él, parado oculto entre las jaras y retamas de las orillas del regatón, muy cerca del comedero. El joven cazador no lo sintió llegar, Salió al claro del comedero y se dirigió con los andares, raros y complicados, despacio hacia mi vecina baña.

Que sobre le encogió el corazón, haciendo rebozar la adrenalina de todo el cuerpo, al ver de pronto el bulto negro del jabalí, sin haberlo sentido llegar. ¿Pasada la tensión de esos segundos? Ya más tranquilo, cogió el rifle y se lo encaró, pero quedó alucinado, viendo la forma tan extraña de moverse del jabalí... ¿Caminando a salto? Se dejó caer como un peso muerto, empezó revolcarse en la baña, estuvo unos minutos panza arriba.

"Quieto". ¿Inmóvil? Volviendo a refregarse otra vez con mucha más fuerza. Apenas se le podía sentir los insignificantes ruidos que producía revolcándose. Se levantó de la vecina baña, se dirigió al tronco del alcornoque. Yo, que me encontraba todo descompuesto... Más bien alterado.

Me preguntaba que estaba esperando el joven cazador para disparar. El jabalí se rascaba los costillares con energía sobre la corcha del joven alcornoque y en esos precisos momentos.

<< ¡¡¡Búuuuu!!! >>

El jabalí, sin la mano derecha, no se enteró de la muerte, a muy de pesar de su gran desconfianza y recelos adquiridos, con más fuerzas a la raíz del accidente... Le ganaron la batalla las "garrapatas". ¿¡¡¡Mosquitos!!!? Y restos de parásitos, que lo condujeron hacia la muerte. Empujándolo hacia esta baña que le aliviaban de los tormentos y torturas de estos horribles insectos. El joven cazador, muy contento, he emocionado con el lance, esperó impaciente que terminarse el pataleo de agonía del jabalí, curiosamente se encontraba deseoso por verlo, al observar los raros andares... Se aproximó muy despacito hacia él, quedó abobado cuando se fijó bien en el defecto. Que lo miraba y "miraba" con cara de "tonto", contemplando que le faltaba parte de la mano derecha. Mirándolo con admiración, se quedó durante unos muy largos minutos.

CADÁVE DE OVEJA

El jabalí carroñero… Sí. Suelen picarse con los cadáveres ya en muy avanzado estado de corrupción, le encantan rumiar los huesos, igual que hacen los perros, su delirio con perdón del lector y lectoras, "cuando más le atacan", es cuando están cubiertos de gusanos.

Se pueden abatir buenos ejemplares, el problema es el aire del cadáver, que lo tendrá presente durante la espera.

LAS OVEJAS

No quisiera, ni mucho menos, ponerme enojado en estos momentos de alegres recordatorios, viendo pasar un rebaño de ovejas, próximo al comedero. Pero, es que me es, imposible de evitar el recordar de aquel año, que entraron por primera vez las ovejas en la zona. El coraje, sobre todo más bien rabia, que me entró, contemplando como se comieron el maíz, de una sola sentada.

¿¡¡¡No quedaron ni un solo grano!!!?

Menos mal que el final, tuvo una agradable recompensa, cazar un buen jabalí solitario, gracias a una de ellas. Cuando me visitó el joven cazador, "oteó las ovejas" se imaginó, inmediatamente, como tendría que estar el comedero. Con total seguridad, sin un solo grano del maíz. Qué, los "Dioses de la Caza" me libre, si yo le tengo manía a las ovejas, pero la verdad es que son un poco tonta... Si cae una a un pozo, van todas en filas detrás, en fin... Días tras días, me tuve que acostumbrar a su ir y venir. Pero también me hicieron reír en algunas ocasiones, cuando se cruzan un jabalí por su lado.

Como corrían todas juntas, apartándose de su caminar y se quedaban mirando como tontas el jabalí, a unas ciertas distancias. El joven cazador, ya muy cansado de reponer el maíz con tantas frecuencias... Intento por todos los medios protegerlos del alcance de ellas, hizo unos hoyos un poco profundos, los rellenó del maíz y los tapó con pesadas piedras. Las ovejas, aunque sí, que es verdad, que lo intentaron en más de una ocasión, desviar las piedras, pero no conseguían apartar las pesadas piedras. Sí que se aprovechaban bien de las oportunidades, cuando las piaras las empujaban brutalmente, descubriendo a la luz, el dulce maíz.

Al principio del mes de junio, de aquel año, visitaba una piara de diez jabalíes con frecuencia el comedero. La piara se componía de cinco hembras, dos de ellas ya adultas, dos machos jóvenes y tres rayones.

También solía acudir algunas que otras noches un jabalí solitario y que este comía más bien poco maíz, sin embargo, estaba muy aquerenciado con mi vecina baña. En más de una noche solo se presentó para barrearse. El joven cazador me visitaba con bastante frecuencia, cada dos o tres días como mucho, por mediación de las tragonas ovejas, porque se comía rápidamente el resto del maíz, que quedaban la piara.

Una mañana, de las muchas rastreando, observó las huellas de este buen jabalí solitario, que estaba muy aquerenciado con mi vecina baña, se encontraba ella mucho más seguidas... Más tomadas que de otras ocasiones. Viendo la baña tan tomada, se entusiasmó el joven cazador. ¿Entusiasmado, e ilusionado con estas bonitas huellas, impaciente decidió hacerle una espera la misma noche? Recuerdo esta espera... El sol se despedía del día, cuando regresó, aproximándose al puesto con pasos sigilosos, estudiados. Se subió con facilidad en el puesto de lo alto de la encina, teniendo memorizados, todos los puntos de agarre, de las muchas veces que ha subido y bajado.

Disfrutaba de estos primeros momentos de la espera, sintiendo el despertar del mundo de la noche. Noche calurosa, con insoportables mosquitos, que atormentaban el ilusionado joven cazador. Que esperaba con una ilusión tremenda y con muchas ganas este jabalí solitario, que estaba picado y confiado con mi vecina baña. No habían trascurrido ni una hora de espera, cuando sentí una piara debajo del regatón, que venían subiendo por una de las orillas, haciendo bastante escándalo en los recorridos, dos machos jóvenes que venía pegándose, el joven cazador, aún no los había detestado. No estaba enterado que venían derecho hacia el comedero.

Se está quedando sordo, me dije a mi mismo observándolo, se adelantó en el recorrido hacia el comedero un macho joven, que este sí... Enseguida lo sintió. Se paró unos segundos arropado entre las jaras y retamas antes de salir al claro del comedero, sin más se dirigió hacia el maíz. Con el rifle que ya lo tenía encarado apuntando el joven jabalí, le comunique en voz muy baja. ¿Cazador?

Joven cazador, no le dispare que es un macho muy joven, un primaron, pero como siempre no me prestó atención, "no me escuchó" ... Nunca lo hace.

Iluminó rápidamente el comedero, durante breves segundos, con la brillante, luminosa luz del foco... Pero lo apagó inmediatamente. Creí que esta vez, sí, me escuchó, al no disparar el joven jabalí, en pocos minutos se presentó la piara al completo, las pesadas piedras del comedero las desviaron brutalmente, más de un metro. Los rayones fue un espectáculo verlos y el joven cazador, disfrutó viéndolos y sintiéndolos, en ocasiones, jugaban y se peleaban. Un gruñido corto y seco de la madre, los hizo de callar, el ruido que hacía todos juntos comiendo del maíz... Impresionante.

-Se tendría que escuchar a distancias largas, en esos momentos, para fortuna de la piara, no se encontraba ningún viejo solitario jabalí por la zona, si no, posiblemente, hubiera acudido para alejarlos de comedero.

El joven cazador, ya muy cansado con la piara, que estaba confiada, aquerenciada con el maíz, se le ocurrió una idea para que aborreciesen el comedero. Regresó preparado con la intención de asustarlos, sin llamar mucho la atención, procurando a ser posible no delatarse, traía unas nueces con la intención de lanzar en el comedero, en los precisos momentos tranquilos, que estuviesen comiendo. Su propósito que aborrecieran el comedero, si fuera posible también la zona, así no tendría que reponer el maíz con tantas frecuencias. "Pero no le hizo falta lanzar esas nueces". Uno de los miembros de la piara, hociqueando por los alrededores buscando lombrices, se cruzó con su olor. Sorprendido, asustado por este olor de peligro, dio unos resoplidos, acompañados, de un profundo seco ronquido.

Inmediatamente, corrieron todos asustados por estos resoplidos y ronquidos, regatón hacia abajo, dirección los zarzales de la ribera. ¿Por parte el joven cazador, que no esperaba esta estampida, se alegró?

Sin embargo, no se podía imaginar que el jabalí solitario se encontraba cerca de la zona y sintió y presenció el trote de estos jabalíes. Pasaron tres horas, que abandonó la piara corriendo el comedero y el joven cazador, esperaba ilusionado la llegada del jabalí solitario, que evidentemente, después de presenciar las carreras de los jabalíes, abandonó la zona despacio, con muchos recelos. El mañana siguiente, bien temprano, se presentó para reponer el maíz y colocar encima las pesadas piedras. Después se dispuso rastrear las zonas de los alrededores, bajó por las orillas del regatón y se encontró con las huellas, impresionantes, del jabalí solitario, que estuvo esperando por la noche, que rápidamente reconoció. Esas huellas que esperó ilusionado y que no se presentaron en el comedero, se hallaban a tan solo ochenta metros, del mismo comedero. Temiendo que le hubiese descubierto, anhelando que tampoco hubiese sentido la escandalosa estampida de la piara.

¿Estaban muy equivocados, estos pensamientos? Deseoso por ver el comedero y vecina baña, solo esperó dos días... Impaciente por ver si acudió en estas noches el jabalí. Comprobando frustrado, que estaba igual que lo quedó la última vez que lo vio. De oreja se puso al comprobar, que no acudió estas noches, ni tampoco la piara, de lo cual se alegró bastante que aborrecieran la zona. Convencido, que le durará mucho el susto, al ventearse de su temido y resabiado olor. Cinco días, después de estos acontecimientos, muere una de las ovejas, murió en unas de las orillas del regatón, cerca de la ribera. Posiblemente, falleció de vieja... O quizás, pudo haber comido unas "malas hierbas". Cayó muerta de tal forma, que las jaras y retamas la ocultaban de las vistas de los pájaros... Los buitres. Al segundo día de morir la oveja, fue cuando apareció el joven cazador, que venía ya desde lejos rastreando, como siempre regresa.

Comprobó un poco disgustado, que no había tenido visita el comedero, ni tampoco mi vecina baña en estas noches de demoras, bajó por las orillas del regatón, para rastrear estas zonas próximas a la ribera. Rastreando las orillas, llega a su olfato el desagradable olor, que desprendía ya la infortunada oveja, "se acercó curioso para verla". Mirándola, pensativo durante unos minutos, sin moverse para nada. Cuando de pronto muy decidido, se tapó la boca con un pañuelo, cogió la oveja por las patas y a duras penas, con mucho trabajo la arrastró cerca del comedero.

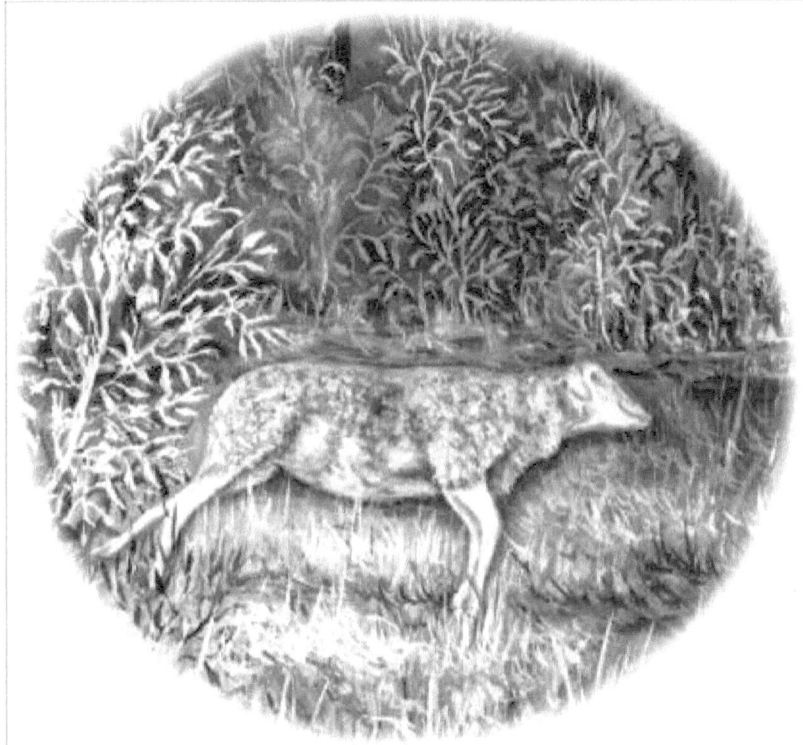

Trascurren dos días más, ya la infortunada oveja había reventado, el desagradable olor que desprendía, insoportable. Y claro, con este insoportable olor, empezaron acudir los carroñeros, los primeros que vinieron atraídos por estos inaguantables olores, fueron una pareja de zorros.

Después otros carroñeros menores. ¿¡¡¡Sin los buitres!!!? Ya que el joven cazador, se preocupó de colocarla de tal forma que la ocultaba de las vistas de ellos. Con el tufo de la oveja acudieron también dos jabalíes, uno de ellos, enseguida, rápidamente lo reconocí. Pues era el jabalí solitario, que estaba aquerenciado con mi vecina baña. Comió restos de la oveja, más tarde se acercó al comedero, "lo olió", misteriosamente apenas comió unos granos de él. Sí, que se dejó caer en mi vecina baña, donde se refregó bastante los costillares y lomos, con la dureza de la tierra impregnada de aceite mezclado. Alejándose después regatón debajo, dirección la ribera. Más tarde, ya casi entrando la madrugada, acudió otro jabalí, después de comer también restos de la oveja, se ha dirigido, despacio hacia el comedero. Desvió con los morros, una la piedra del montón, donde metió la lengua para comer los granos del maíz.

-Este fino y muy listo jabalí, llevaba ya dos noches seguidas atacándole al maíz, la tercera noche, lo observé desviar otra piedra con una enorme delicadeza, procurando no alterar mucho el comedero.

¿Es muy sabio, bastante fino?

El jabalí que estaba muy picado, con mi vecina baña, ya empezó a tomarla otra vez, una noche me sorprendió cuando se aproximó al gastadero de la oveja, sin más se dejó caer y se puso a revolcarse con fuerza contra él. Unas horas más tarde de esta misma noche, se presentó el otro jabalí y después de darse un buen atracón del maíz, también se dirigió al gastadero de la oveja... Se dejó caer.

-Llevaban ya varias noches seguidas, los dos jabalíes rumiando los huesos, de la infortunada oveja, bastante atraídos, con el gastadero. Estaban aquerenciados, eran los momentos de aguardar... De poder lograr sorprender.

El joven cazador, sorprendido con los escandalosos rastros de los dos jabalíes, aún más cuando se fijó en el gastadero de la oveja. Que lo estaban usando como si fuera una baña, el cual se encontraba bastante tomado. Asombrado, por estos rastros tan espectaculares, por los alrededores de los restos de la oveja, se le iluminó el alma de alegría. La misma noche, muy a de pesar suyo, no puede hacer la espera, los vientos estaban muy cambiante, tuvo que esperar impaciente, que rotasen del norte... O noroeste. Dos días después, con la moral e ilusión por todo lo alto, esperaba con ganas subido en el puesto de lo alto de la encina. Comprobando desde arriba, nuevos rastros dejados de las noches pasadas. Los sonidos del día, "ya callados" ... Se despertaban, fugazmente, los del mundo de la noche.

¿¡¡¡Pronto saldría la luna!!!?

La pasada noche, estuvo al completo "fue luna llena" esta noche, rezagada, salió un poquito más tarde.

No tiene que esperar mucho tiempo, el joven cazador, asomando la luna por la loma de "cerro de los cañizos" sintió ruidos por debajo del regatón, producidos en una de las orillas. Atento estuve, rápidamente detesté el jabalí, aquerenciado con mi vecina baña, subiendo por la orilla del regatón, derecho al comedero, "subía muy confiado". Pero antes de salir al claro del comedero, en parada quedó unos instantes. Aún con poca luz, pero con la noche tan clara, pude apreciarse conque finura asomó la cabeza, oculta entre las jaras, mirando fijo el gastadero, de la infortunada oveja. Yo, en estos momentos tensos, observándolo, no me explicaba que estaba esperando el joven cazador, para disparar, porque también se había percatado y lo estaba contemplando.

-El jabalí se descubrió en el claro del comedero, pasó por la derecha del puesto hacia el gastadero de la oveja. Sin más se dejó caer sobre él, empezó a revolcarse con bastante energía. Se emocionó, mirando el jabalí como se refregaba. Con la noche tan clara y con la luna que ya iluminaba, le costaba mucho romper la bella imagen del jabalí, iluminado con los lechosos blanco de la luna, quedó abobado, entusiasmado, mirándole un tiempo a muy de pesar, que ya hacía un buen rato que lo llevaba apuntado. Se levantó del gastadero, fugazmente desaparecieron las bellas imágenes. Se difuminó rápido, el encanto embrujado, de estos momentos "mágicos" causado por el gran sonido del disparo. Apenas pataleó el jabalí, que cogió mucha querencia con mi vecina baña y que murió al lado del gastadero de esta infortunada oveja, que lo guio hacia la muerte.

EL JOVEN CAZADOR
YA...
MAYOR

El comedero y baña del regatón, recordando estos maravillosos lances, del cazador en su juventud. ¿Recordará algunas vivencias? "Ya" ... Con el cazador en avanzada edad, ocurridas en estas etapas últimas de su vida. Soportando una de las muchas vivencias, bajo cielos iluminados de estrellas, en noches rasas y claras, las tremendas "pelonas terreras", que traspasaban con muchísimas facilidades todos los tejidos, se apoderaban con una rapidez tremenda, del cuerpo del cazador.

Las impresionantes, temperaturas "bajo cero" en la que estuvo sometido, durante unas noches, esperando ilusionado la llegada de las huellas, que mostraba ilusionada mi vecina baña, y que estas huellas traían por la calle de la amargura, al cazador, solo del pensar en el propietario de la misma.

-O quizás los vientos, hermanos de sangre de los jabalíes... Dueño y señor, del éxito de las esperas.

¿Cambios improvisados, que traicionan delatando, que comunican estos cambios, que tienes que abandonar?

-Muy a de pesar... ¿Hay que abandonar?

Pero en muy raras y en pocas ocasiones, estos cambios improvisados, nos sorprenden con la llegada de un buen jabalí. Que decidió entrar al comedero por otros senderos diferentes. Tendré muy en cuenta y recordaré algunos de los muchos peligros que conllevan y acechan las noches... Estos valientes, bravos jabalíes, que ya heridos de muerte, sacan fuerzas de donde no las hay...

Defendiendo, bravamente, el hilo de vida que aún le queda, ante perros y personas... Hay que tenerlo muy en cuenta.

¿Sobre todo, en las penumbras de las noches?

O quizás, Las tormentas improvisadas, que se forman en poco tiempo en primavera, pero mucho más peligrosas y temidas, las secas del verano. Acompañadas de los fuertes sonidos, con los terroríficos y peligrosos rayos, iluminando, brevemente, la oscuridad de la noche, haciendo de las esperas, sean cortas y bastante peligrosas. Quizás estas nieblas que surgen de pronto y que se apoderan rápidamente, de la poca luz de la noche.

¿Convirtiéndola, en penumbras y complicados laberintos?

También tendrá detalles reconocidos y recordará con añorancias, a estos valientes, bravos jabalíes, tan finos... Y tan finos, que llegaron a ser abuelos, en sus correrías nocturnas por los llanos y sierras de Dios, en busca de los ansiados alimentos, quizás rondando las coquetas jabalinas, que ya se encuentran en celos, para mucha mayor satisfacción de los cazadores, desarrollan más de la cuenta el instinto salvaje de supervivencia... haciendo de la caza, que sean aún más difícil y bastante más complicada.

EL FRIO

Las bajadas de temperatura, es uno de los factores que, tiene un poder que sobrepasan la afición del cazador. El buen esperista bien que lo tienen presente, posiblemente, en algunas esperas lo habrá pasado… Por muy bien abrigados que vallan al puesto, llegará un momento en que las bajas temperaturas se apoderen rápidamente del cazador, hagan estas de levantarlo del aguardo tiritando...

Sin embargo, ilusionado el cazador al recordar el buen jabalí, que está esperando, "lo anime", le dé más fuerza para aguantar un poquito más, las heladas temperaturas…

NOCHES... HELADAS

Una mañana de hace unos años... "No mucho". Amaneció el campo pintado de blanco, de la tremenda helada por la que estuvo sometido durante la larga noche, me acordé rápidamente del cazador "ya en avanzada edad" ... Un lance que tuvo en un mes frío de enero, "que mal lo pasó", intentando de sorprender, un jabalí solitario que lo tenía revuelto... Más bien alterado. El jabalí, poseedor de unas impresionantes huellas. Recuerdo, aún con bastante frío, este hermoso lance. Mañana muy helada de enero, amaneció el nuevo día, completamente teñido de blanco, por la tremenda helada en la que, estuvo sometido durante toda la larga noche. Estas tremendas heladas, que llevaban ya varias noches seguidas, "fueron impresionantes", sobre todo más aún, la de esa noche, que superó a las otras. El solitario jabalí, que no llegó a coger querencia con el maíz, sí, y mucha con mi vecina baña, pero sobre, todo estaba muy aquerenciado con las ricas y sabrosas bellotas de mis vecinas encinas.

Ya llevaba algunos años, observándolo, esperando su regreso por estas fechas, enviciado con las ricas, sabrosas bellotas de mis vecinas encinas, en estos meses de montañera. El cazador, que a duras penas podía soportar el frío tan tremendo, que hizo estas noches y tras vario aguardo efectuados, con estas impresionantes, "temperaturas bajo cero", por la que estuvo sometido, esperando él ansiado, deseado jabalí. Temblando del frío, recordaba las tremendas huellas del jabalí, que con deseos esperaba, estos alegres recordatorios lo animaban, le daban fuerza para poder soportar a duras penas las esperas, un poquito más.

-Una fría mañana, ha mediado del mes de diciembre, iluminada con los primeros rayos del sol.

Se acercó con mucha cautela y con dirección de coger las orillas del regatón, un solitario jabalí, negro como la mora y muy cabezón. Pasó a unos metros del comedero, ni siquiera miró hacia el maíz, siguió con los rápidos andares.

Ya metido, oculto entre las jaras y retamas de las orillas del regatón, se paró, levantó la cabeza y se quedó mirando las encinas del claro de la zona del comedero, pero con las mismas, siguió con su rápido caminar regatón hacia abajo, buscando con prisa la ribera. Ya, se encontraba el día más que amanecido y buscaba las lozanas zarzas de la ribera en busca del encame. Me quedé un poco sorprendido con esta visita fugaz, hacía varias semanas, que el comedero estaba sin actividad.

Los jabalíes tuvieron que mudarse de zona, por algún motivo que el cazador, preocupado, desconocía. El jabalí con cerdas negras, como la mora, no es que me hubiera sorprendido, al pasar ya con el día amanecido. Sí, porque lo reconocí de otros años, acudir a las ricas bellotas de mis vecinas encinas y ya llevaba algunos de ellos, viniendo en meses frío de diciembre y enero.

El siguiente día, ya con la tarde avanzada, se empezaba a notar el frío de la helada, sobre todo cuando desapareció el sol. Prometía esta pelona, no tenerle nada de envidia a las otras de las noches anteriores. Sumergidos, con estos pensamientos helados, sentí como se aproximaba por la zona alta del regatón, un jabalí. Al momento apareció la bella imagen de un jabalí, en una de las orillas, "el jabalí", el mismo que pasó el día anterior, amaneciendo el día, ya asomando los primeros rayos del sol. Regresaba bajando con mucha cautela, se paraba mucho, venteando, asegurándose de los posibles peligros de la zona.

Se salió de la orilla, comenzó a dar un pequeño rodeo por los alrededores del comedero, asegurándose de los mismos. Se aproximaba oculto entre las jaras, con una lentitud tremenda, cuando llegó a la orilla del claro, en parada, quedó mirando fijo, venteándose de la zona del comedero. Estuvo durante unos minutos en parada, parecía que lo habían disecado.

Después de estos largos minutos, oculto entre las jaras, se salió al claro del comedero, como mucho sigilo, dirección mi vecina baña, donde estuvo barreándose. Más tarde, se rascó con fuerza los costillares y morros contra el tronco del joven alcornoque, en el cual dejó, "señales" las tremendas navajas Observándolo, me fijé en la gran cantidad de cerdas largas y negras como el carbón que lo cubrían.

¿¡¡¡Un jabalí muy hermoso!!!?

Pasó muy despacio donde se encontraba el maíz, sin parar cogió unos granos, masticándolos, fue derecho hacia las vecinas encinas, donde se dio un buen festín, pues cogió las ansiadas dulces bellotas con muchos deseos. ¿Estuvo comiendo bellotas, durante más de treinta minutos? A los principios, cuando empezó a comerlas, apenas dejaba de masticar, para escuchar y ventear, pero a medida que el estómago se llenaba, ya las paradas las hacía mucho más largas... Más frecuentes. Alzando la cabeza hacia arriba, durante un tiempo, pendiente de todos los ruidos y venteando la zona de los posibles peligros. Ya satisfecho, se alejó despacio por la parte de arriba del comedero, por las muchas retamas y jaras que hay en estas zonas, ocultando bastante bien la silueta. ¿Esa noche, estuvo más bien tranquila? Después del jabalí guapo, solo se presentó un cachorro de zorro, aquerenciado con el maíz y que visitaba el comedero con bastante frecuencia. Ese año el comedero tubo temporada bastante floja, sobre todo en ese mes de diciembre, que escasearon bastante los jabalíes por algunas causas que el cazador, preocupado, desconocía. Se le veían las cerdas alguno muy de tarde en tarde. El cazador no acudió en una semana, la cual, si tuve la agradable visita del jabalí guapo, en tres ocasiones.

¡¡¡En distintos horarios, cada una, más bien tarde!!!

El cascareo de bellotas, que hizo en dos encinas próximas de las zonas del comedero, espectacular. Cuando venga y los vea seguro que se le ponen los pelos de puntas. "Cavilaba yo muy alegre, observando las cáscaras de las bellotas comidas". Este mismo día se presentó el cazador, se llevó como era de esperar una grata sorpresa. Admirado, contemplando las pistas, que cara de felicidad se le puso, pues no esperaba encontrarse con estos rastros tan escandalosos, aquerenciados con las ricas bellotas.

Se alejó rastreando las zonas del regatón y los alrededores tras los rastros dejados, un tiempo después me sorprendió verlo regresar de nuevo, observando detenidamente, las pistas que había por los alrededores de las encinas, su cara trasmitía las ganas que tenía de esperar las enormes huellas, la misma noche. Yo, viendo en la cara el deseo tan grande, que tenía de esperar el jabalí, trate de trasmitirle por todos los medios que lo dejará para otra ocasión, que los vientos no le iban a acompañar. Pero como siempre no me prestó ni la mínima atención, esperaba y deseaba que no cometiera la tontería de acudir.
Aunque con la fiebre de espera que tiene, lo dudaba mucho.
¿¡¡¡Bueno que si vino!!!?

Al caer de la tarde, con más capas de ropas encima que una cebolla y con una manta en la mano, se aproximaba al puesto con pasos medidos, sobre todo silenciosos. Intente por todos los medios de trasmitir que se fuera, que los vientos más tarde no le iban acompañar, una y otra vez. ¿Pero me resultó totalmente inútil? Rápidamente, se acopló para la espera, se acomodó en el puesto y se protegió del frío con la manta. No había trascurrido ni media hora de espera y los aires empezaron a cambiar. Esperaba y deseaba con ganas que, se diera cuenta pronto y se fuese cuanto antes. El jabalí guapo, si acude entraría más bien tarde. Yo, le supliqué a los "Dioses de la Caza" que se demorara aún más esa noche.

Que, si acude, que viniese un poco más tarde, si no lo estropeará el cazador y con el mismo misterio y encanto que se presentó, seguro que desaparecerá. Tuvieron que trascurrir más de una hora para darse cuenta de que, por fin, estaba haciendo el idiota. Salió del puesto helado… Resoplando del frío tan grande que tenía ya todo su cuerpo y alejándose con pasos rápidos, lo perdí enseguida de mi vista. El guapo jabalí no se presentó esta noche, para fortuna y suerte del cazador.

Eligió otros comederos… Sí, que sentí una piara bastante numerosa, entre las retamas dirección la ribera, sobre la media noche. Iban estos jabalíes de paso, mudándose de zona. Yo, deseé con ganas, que se quedaran en esta que me encuentro. Hizo "monta" el solitario jabalí, aquerenciado con las bellotas, dos noches seguidas, la tercera noche sí, que regresó, "se presentó" pero para mí, mayor sorpresa, ya prácticamente con el día amaneciendo, con muchos recelos lo sentí como se aproximaba. Antes de asomar los morros a los claros de las encinas, dio unos pequeños rodeos por los alrededores, oculto entre las jaras y retamas, abundante de las zonas.

Deduje, observándolo, que algún susto se tuvo que llevar una de estas noches, que hizo "monta" y que aún no se le había quitado, apenas comió bellotas, con las mismas se alejó regatón debajo, buscando la ribera. Transcurrieron cinco días… Ya, un poco más confiado, visitó las vecinas encinas, comiendo de las ricas bellotas tres noches seguidas. Esto sí, en distintos horarios y más bien tarde, "fuera de hora". Quedaban ya pocas bellotas, el maíz apenas lo tocaba. Mi vecina baña sí, que la visitaba, rara eran las visitas que no se revolcara, estaba muy aquerenciado con ella. Esperaba pronto la visita del cazador, eran los momentos de esperar el guapo jabalí. ¿No se hizo de rogar el cazador? Amaneciendo el día, se aproximaba como siempre, mirando hacia el terreno, rastreando, se acercó para ver las zonas de las encinas y comprobó que ya quedaban muy pocas bellotas. En mi vecina baña, pudo apreciar los rastros dejados de pocas horas atrás, en los que se podían ver, perfectamente, las impresionantes huellas, bien dibujadas.

¿Gracia a la pelona caída, durante la larga noche, que las grabó? Se fue muy contento con todo lo visto y con bastantes deseos y ganas, de esperar las impresionantes huellas bien marcadas, cuanto antes mucho mejor.

Yo, esperé su presencia la misma noche, pero tuve que esperar el siguiente día al atardecer, para verlo regresar, entrar en él aguardo. ¿Acudió con bastantes capas de ropa puesta y con una manta gorda, que llevaba en la mano? Esperaba con un frío que hacía endemoniado, pero con mucha ilusión, pensando en las tremendas huellas, que lo tenía revuelto, le despejaban de los sueños. Estos alegres y contantes pensamientos, le dieron fuerza para poder soportar, a duras penas, las tremendas temperaturas bajo cero, que por si fuese poco aún, estaban acompañadas de fuertes rachas de vientos del norte.

Trascurrieron dos horas soportando... Aguantando los tremendos fríos y fuertes rachas de los vientos del norte. Pero ya, la impresionante helada tan tremenda, que estaba cayendo, empezó rápidamente, apoderarse, poco a poco, del cuerpo.

¿¡¡¡Los pies, a duras penas, ya no los sentía!!!?

- Intentaba, por todos los medios posibles, de mover los dedos constantemente, para que la sangre circularse mejor y la nariz le costaba mucho de respirar, de cómo estaba de fría.

Aguantó, valientemente, un poco más la espera, hasta que las tremendas temperaturas bajo cero, "consiguieron" levantarlo del puesto. Salió de él, pegando tiritones, resoplando del frío tan grande que ya tenía todo el cuerpo. El guapo jabalí, que se presentó la misma noche, se presentó tres horas después de abandonar el cazador la espera. Entró derechito hacia mi vecina baña y se rascó con fuerza contra ella, de lo dura que estaba ya la tierra.

¿Debido a esta tremenda helada, que estaba haciendo?

Rebuscó después las pocas bellotas, que aún tenían las vecinas encinas, y se paró más tiempo comiendo del maíz. Alejándose ya satisfecho, despacio por donde entró. Ya de madrugada se me aproximó una piara.

Posiblemente, la que pasó hace una semana, sobre la media noche y entraron confiados por los olores y rastros dejados recientemente, del guapo jabalí, que desprendía el comedero y los alrededores. Comieron del maíz rápido, como con prisa, no paraban sobre todo los jabalíes jóvenes.

Temía, que como siguieran comiendo de esta manera tan voraz, me quedarían muy pronto sin maíz. Dos de los jabalíes, ya satisfechos del maíz, hocique-ando el alrededor del comedero, buscando bellotas, se cruzó uno de ellos con los olores y rastros del cazador, dejado cuando abandonó la espera. ¿Sorprendido por este olor? Resopló un ronco y seco bufido, al momento salieron todos corriendo, alocadamente, hacia la ribera, provocando unos tremendos ruidos, las alocadas carreras. Yo, sintiendo los escandalosos ruidos del trote, me preocupé y deseé que el guapo jabalí, estuviese alejado lo suficiente de la zona en estos momentos de carreras asustadas de la piara ¿Sería muy mal asunto, si las hubiera sentido?

La mañana siguiente de la espera, se presentó el cazador, las intenciones, comprobar si acudió el jabalí, más tarde, se quedó abobado… Más que sorprendido. No se esperaba ni por ensoñación, encontrar tantos rastros de jabalíes, por todas las zonas del comedero, solo quedaron cuatro vagos del maíz. Muy ilusionado al ver tantas pistas nuevas y los vientos, que también les favorecían, acompañado de la afición del aguardo, seguro que no se lo piensa. ¿Pensé, observándolo? No me equivoque… El caer de la tarde, se acercó al puesto con pasos ya estudiados y con la intención, de aguantar más tiempo, esperando el jabalí, de las impresionantes huellas, que visitan en ocasiones el comedero y la zona. Regresó con otra manta aún más, y una pequeña lata llena de picón, para colocarla en forma de brasero. Venía esta vez, muy bien preparado, para poder soportar un poquito mejor las frías temperaturas.

Pues se esperaban esa noche, bajo cero, con fuertes rachas de vientos del norte. Con ilusión y unas ganas tremendas, esperaba la visita del jabalí, que calza las impresionantes huellas, que le quitaban el sueño. Tendrá que esperar bastante, si quiere ver el jabalí, menos aún la piara, que tardará algunas noches, sin acudir por el susto llevado y el jabalí guapo, cada vez que se presenta, regresa más bien tarde, a deshora. "Intenté de comunicárselo" ¿Pero resultó inútil? Por mucho que, intente de trasmitir, una y otra vez, me ignoró por completo, no me hizo ni pizca de caso. Pasaron dos horas en un silencio profundo, solo acudió el zorro joven, aquerenciado con el maíz, que espabiló al cazador del frío, cuando sintió el leve masticar de los granos. Que rápidamente, iluminó el comedero, pero enseguida apagó la luz, cuando lo divisó. Más tarde, una liebre, buscando raíces finas, le faltó poco, para entrar dentro del puesto. Improvisadamente, se levantó una brisa del noroeste y daba de cara esta brisa al cazador, le hacían saltar las lágrimas, las fuertes rachas de estos vientos helados. Soportó la tremenda pelona, con las fuertes rachas de los vientos del norte, noroeste dos horas sin sentir ni escuchar nada. Pero ya, "la helada", empezó rápidamente a traspasar las mantas y calar las muchas ropas que llevaba puesta, apoderándose, con mucha prisa, del cuerpo del cazador, que, a duras penas, intentaba mover los dedos de los pies. ¿Ya no los sentía? Le costaba muchísimo de respirar, de como tenía la nariz de congelada y los insoportables aires fríos traspasaba cada vez más rápido las muchas capas de ropas, que llevaba puesta. A los muy pocos minutos, vi cómo se levantaba del puesto, no podía aguantar más. Salió dentro de mí una voz inesperada, sin haberla podido de evitar, al verlo levantar del puesto. ¿Cazador? ¡¡¡Cazador!!! > Aguanta un poquito más, que el guapo jabalí, ya muy pronto acudirá. Pero como siempre, no me prestó ni la más mínima atención.

Se marchó a pasos rápidos, pegando grandes "tiritones" del frío, que ya tenía todo su cuerpo. Faltó muy poco para que el jabalí guapo, hubiese sentido los pasos alejándose del puesto, que entró derecho hacia mi vecina baña, se barreó en ella, más tiempo que en otras ocasiones. También, sorprendentemente, comió más cantidad del maíz y se alejó por los mismos pasos que entró, "para suerte y fortuna del cazador".

La curiosidad le incitó visitar el comedero la mañana siguiente, obsesionado con las tremendas huellas, quiso comprobar si acudió después de su abandono, o quizás, algún que otro jabalí. Quedó más que sorprendido, al comprobar que entró solo un jabalí, y quedó el jabalí, muy bien grabadas en la vecina baña, las grandes huellas, que lo traían por la calle de la amargura. Estas huellas bien dibujadas en la baña, entusiasmado aún más, le dedicó mucho más tiempo al rastreo, que supuestamente tuvo el jabalí, comprobó en los mismos, con detalles, los movimientos que, había tenido en las entradas y salidas del comedero. Sus intenciones, deduje, observándolo, que eran de regresar la misma noche.

Yo, estuve bastante pendiente el caer de la tarde, para verlo de venir, pues me gusta de verlo, con que sigilo se aproxima al puesto. Pero oscureció y el cazador no se presentó. Me extrañó bastante, pues lo vi muy ilusionado por la mañana rastreando. Hacía tres horas, que oscureció, ya empezaba la tremenda helada, a pintar el terreno de blanco. Cuando sentí unos sigilosos pasos, que, con mucho sigilo, se aproximaban, rápidamente, enseguida los reconocí. ¿Apareció el cazador? Con más capas de ropas aún, que los anteriores aguardos y con su lata pequeñita, llena de picón. Convencido, por las comprobaciones, de las últimas esperas, que los jabalíes estaban entrando más bien tarde, "totalmente, fuera de hora" y las bajas temperaturas, lo mandaban a casa antes de tiempo, decidió hacer este aguardo, en estas horas ya muy entradas de la noche. Y tras tres largas horas, soportando la tremenda helada, sin sentir ni escuchar nada, estando la noche en un silencio total. El duermevela, que se encontraba, se le espabiló de golpe, acelerando las pulsaciones del corazón, cuando escuchó el ruido inconfundible, que producen los granos del maíz masticado por un animal. Rápidamente, iluminó el comedero, donde aparecieron dos tejones, comiendo a dos carrillos del maíz. Desilusionado, apagó el foco, estaba llegando la hora, que suele acudir el jabalí guapo. Yo, le imploré a los "Dioses de la Caza" para que no hiciera "monta", que no se demorara mucho. Viendo la cara del cazador, sabía de antemano que, no aguantaría mucho más tiempo las impresionantes, temperaturas heladas, que estaban haciendo. Sin embargo, con el susto que se había llevado con los dos tejones, cuando sintió el masticar de los granos del maíz, se le aceleraron bastante las pulsaciones. Eran las cuatro de la madrugada, la hora que se había marcado para abandonar... Observé, que dudaba de dejarlo para otra noche, que hiciera menos frío.

Pero los pensamientos, acompañados, de los tiritones tan grandes que estaba dando, lo incitaba con urgencia, que abandonase, cuanto más pronto mejor, él aguardo. Y yo, ¿Dios mío, sufriendo, "temiendo" que abandonara? Padeciendo, porque el guapo jabalí, ya hacía un buen rato que lo había sentido, rebuscar las bellotas de las encinas, por encima del comedero. A tan solo unos ochenta metros, haciendo sus ruidos. Pero fue más que imposible, que lo hubiese podido detestad en estas distancias, con el gorro polar que llevaba puesto y encima la bufanda, muy bien enrollada. Deseando estaba que, bajara cuanto antes al comedero. ¿O vecina baña?

Después de un tiempo interminable, bajó lentamente por la orilla del regatón, ocultándose muy bien entre las jaras y retamas, en parada quedó, ocultó entre estas jaras, masticando en estos precisos momentos, "una bellota", que llevaba en la boca. El cazador, que aún no lo había detestado, pero que se le hizo ver una sombra fugaz, moverse por las orillas del claro.

¿¡¡¡Estaba todo descompuesto, en alerta!!!?

Y el escuchar, del masticar de la bellota, en el profundo silencio de la noche, le faltó muy poquito para que, no se saliese el corazón de la caja. Estuvo en parada mucho más tiempo, que el cazador, no hubiese deseado, oculto en la orilla del claro, tapado entre las jaras y retamas, mirando fijo hacia mi vecina baña. ¿Con las mismas, con pasos decididos, se dirigió hacia ella? Era el momento del disparo. Yo… Se lo trasmití en voz muy baja, por si "acaso" esta vez me oía. Y estaba muy impaciente, por escucharlo cuanto antes, porque se estaba demorando, mucho más de la cuenta. Se encaró el rifle con bastante dificultad, por la gran cantidad de ropas que llevaba puesta, al segundo pasó de las penumbras de la oscuridad de la noche… A la luz del foco, el comedero.

Iluminado el jabalí, apareció tumbado en la baña que, al recibir la luz, se incorporó rápidamente. Miró hacia ella, y en estos momentos, le iluminaron los ojos como dos estrellas, durante unos segundos... ¿Ahí murió?

El disparo, liberó, la tensión del cazador, de los momentos tensos y mágicos, pues se encontraba muy emocionado con este lance. Se levantó del puesto temblando, pegando grandes tiritones, del frío tan grande que, tenía ya todo su cuerpo, sometido durante cuatro horas que, con las fuertes rachas de los vientos del norte, noroeste, se hicieron más que insoportables. Se acercó muy despacito para ver el jabalí y quedó admirado, por su gran belleza, durante unos minutos.

Después cortó unas ramitas de jarras, y las colocó en el lomo del jabalí. ¿Con esta sencilla acción, quiso demostrar el respeto hacia su muerte?

La fortuna de este lance sí, que es verdad... Le acompañó mucho la suerte, le sonrió al cazador, por no cruzarse con sus rastros abandonados, de las esperas anteriores, este guapo jabalí... Que lo más probable, que tuvo de estar más bien cerca.

VIENTOS

El aire, dueño y señor de las esperas… Dicen los buenos esperista, que el jabalí lo mata los vientos, por parte llevan
muchísima razón, fino olfato del cerdoso, que te huele a grandes
distancias.

El buen cazador es consiente, lo sabe y lo tiene muy presente a
la hora de aguardarlos.

-Aunque a veces, "por desgracia" los vientos le traicionan,
porque el jabalí, decidió entrar por otros senderos, "totalmente
diferente".

El AIRE

Un día del mes de abril, de años ya muy pasados, amaneció un nuevo día, con fuerte rachas de vientos del nordeste, movían estas rachas de vientos, las ramas de mis vecinas encinas con mucha violencia.

Temiendo estuve... Preocupado esa mañana, que se rajarán algunas, o quizás, las levantará de las raíces. Me recordó un lance del cazador, que sucedió en un mes de mayo.   El fuerte viento lo tumbó al suelo, sin poderlo de evitar, impresionante, "la velocidad que soplaba" acompañado de los tremendos ruidos terroríficos, que provocaban.

No ha trascurrido muchos años de este lance, lo recuerdo como si lo estuviese viviendo ahora, el cazador, ya en avanzada edad, le agradeció el regalo ofrecido por los aires, con un giro misterioso, "repentino" y llevó este inesperado cambio inesperado, su olor al comedero… Y colocó detrás del mismo puesto, el viejo astuto jabalí, que estaba ilusionado esperando, a tan solo unos metros. Ya pasaron unos años, que dejó de subir al puesto de lo alto de la encina…

"Los años no perdonan", poco a poco, fue perdiendo sus facultades y lo fue dejando lentamente, muy a de pesar suyo. Una hermosa mañana del mes de abril, cansado de ver la confianza tan grande, que habían cogido dos piaras con el comedero y vecina baña, una de ellas numerosa. Comprobando, lo concurrido que, se ponía el comedero, prácticamente casi todas las noches.

¿¡¡¡Apenas quedaban maíz!!!?
Cansado de recebar casi todos los días, y viendo que no acudía ningún solitario jabalí… Decidió hacer un aguardo a las piaras, con la intención de asustar los jabalíes, procurando no delatarse, para poder lograr a ser posible, que aborrecieran el comedero, en venganza por la gran cantidad del maíz, que se comían casi todas las noches. Consiguió con una surgida improvisación, de esa noche, que abandonaran, aborrecieran el comedero, de como sucedieron unos hechos, no improvisados. Ya, con la tarde muy avanzada, con los aires, no muy buenos, más bien regulares para el puesto. Venía el cazador dispuesto, muy sonriente asustar una de las dos piaras. Colocó rápido parte del aguardo, que lo había despatarrado los fuertes vientos, y se entró dentro con cara de muy pícaro, dispuesto a esperar. Los vientos se cambiaron después de una hora, con fuertes rachas del suroeste.

Aireando los cambios de los aires, el regatón, que es por donde regresaban las piara. ¿No se preocupó si aireaba el regatón, siguió esperando? Una de las piaras, que venían precisamente en estos momentos de los cambios de los aires, subiendo por las orillas del regatón… Se pararon en su avance hacia el comedero, al ventearse del temido olor del cazador, estaban todos juntos arremolinados en la parte baja del regatón, muy próximos a la ribera. Del frente al comedero, bastante más tarde, se aproximó, la otra piara más numerosa y venían delatándose con ruidos, en sus trayectos hacia el comedero. El cazador no se enteró, de esta aproximación, el fuerte viento se lo impidió. Se giraron hacia la derecha del comedero y seguían avanzando derecho al puesto, una de la parte que compone él aguardo, no se preocupó mucho de colocarla cuando llegó, se encontraba totalmente al descubierto. Los jabalíes, que avanzaron derecho al comedero, pasaron casi rozando el puesto, uno tras otros, en fila india. Inmóvil, sin mover un solo músculo, ni pestañeaba viendo pasar el grupo numeroso de jabalíes tan cerca. Una de la jabalina, vio de reojo su silueta… Se fijó bien al pasar y le llamó mucho la atención, esa cosa tan rara que había visto. Un poco más adelante se paró, de pronto, sin más, dio la vuelta y se fue muy derechista hacia el puesto, para curiosear esa cosa tan rara que, había visto al pasar. El cazador, un poco confuso y también un poco asustado, viendo cada vez más cerca la jabalina. Que ni corta ni perezosa, se paró a unos metros del puesto y se quedó como mirando el interior. El cazador, que estaba sorprendido por esta reacción, al verla tan cerca parada y mirando hacia el puesto, se levantó de él, como un relámpago gritando como un poseído… Ni que decir la que se formó en pocos segundos, porque la sorpresa que se llevó la jabalina, se juntó con la del cazador y estos acontecimientos, fueron un poco insólitos.

A los griteríos del cazador, en escape, al galope cochinero huyeron alocadamente, tronchando las jaras. El cazador, que se encontraba bastante confuso, por el atrevimiento y la osadía de la jabalina. Se marchó del puesto cavilando, dándole vueltas y vueltas a la cabeza, con lo sucedido. Pero consiguió de rebote, gracia a como sucedió la insólita improvisación, que las dos piaras abandonasen la zona, durante un tiempo largo. Había trascurridos unas semanas, de los insólitos, acontecimientos de las piaras y en este tiempo no me visitó ningún jabalí. Los días de fuertes rachas de vientos, no se desplazan tanto en busca de los alimentos, procuran estos días buscar los alimentos en zonas querenciosas, pero, sobre todo, que sean conocidas.

-No se fían mucho de estos aires, moviendo todo y provocando bastantes ruidos. Tres semanas habían pasado desde el último aguardo, que hizo a las piaras. Cuando sobre la media noche, se me aproximaron con mucho sigilo por la parte alta del regatón, derecho al comedero, un buen jabalí, en compañía de otro más joven. ¿Su escudero? Desconfían y recelan mucho los solitarios jabalíes, ya entrados en años, cuando visitan por primera vez, "zonas no conocidas" la mayoría de ellos, "reclutan un joven jabalí", que le acompañarán en estos desplazamientos, en forma de escudo. Protegiéndolos, de los muchos posibles peligros, mudándose de zonas, en recompensa, los astutos y sabios jabalíes, ya entrados en años, le irán trasmitiendo poco a poco su sabiduría. Antes de llegar al claro del comedero, en parada quedaron en la misma orilla del regatón, ocultos entre las retamas y jaras, venteando el comedero. Con pasos lentos, pero decididos, salió al claro del comedero el jabalí más joven, derecho al maíz, poco a poco, empezó comer los granos, evitando hacer el menor ruido posible masticándolos. El viejo jabalí, como se paró, oculto entre las jaras y retamas, se quedó.

¿No se movió para nada? Parecía un perro de muestra, observando como comía el fiel escudero. Camuflado entre jaras y retamas, miraba atentamente, como el escudero se daba un buen atracón del maíz. Solamente, movió la cabeza unas pocas veces, desconfiado y receloso de los posibles peligros de esta comida tan fácil, ya para él muy conocida.

Deduje rápidamente, que habría tenido que haber pasado por experiencias, muy desagradables, con estos alimentos, que no se le olvidan tan fácilmente. El joven jabalí, una vez saciado, se acercó a mi vecina baña y antes de llegar a la misma, escuchó un gruñido corto y seco del viejo jabalí... Se paró de golpe y con la misma se aproximó al él, alejándose después regatón hacia debajo, en busca de los frondosos zarzales de la ribera.

Yo, me quedé abobado, bastante sorprendido, viéndolos alejar, no consintió salir al claro del comedero, a pesar de contemplar, como el escudero, se daba un buen atracón. El siguiente día, amaneciendo, los vientos por fin se calmaron un poco, las fuertes lluvias caídas durante la noche, los tranquilizaron bastante. Pasaron unos días lluviosos, con los vientos calmados, una de estas noches, por fin, el viejo jabalí, acompañado del escudero, se presentaron en el comedero. Se barreó en la vecina baña, que se encontraba rebozando de agua, caída durante la noche. Del poco maíz que quedaba, apenas comió, sí, bastante el fiel escudero, la noche que se presentaron, se encontraba comiendo una jabalina, con tres bermejos, que ya me había visitado noches anteriores. Al sentir la aproximación de los dos jabalíes, abandonaron, rápidamente el comedero y corrieron todos juntos, regatón arriba, parándose un poco más adelante al final del mismo. ¿Miró la zona del comedero, la jabalina, preocupada, por si acaso la seguían? Desconfiada, y un poco asustada por temor, que le hiciera daño a los bermejos. Llevaba ya dos semanas, que no dejaba de llover y el cazador, parece ser que, le cogió miedo al agua. Pues, pasaron bastantes días, que no me visitaba y me encontraba bastante preocupado, me encontraba con muy poco maíz. El viejo jabalí, desconfiado y receloso con el comedero, por fin cogió algo de confianza. Ya comió del maíz que quedaba, en tres ocasiones, la última vez, "egoístamente" no dejó comer al fiel escudero. La jabalina, con los tres bermejos, aborreció el comedero y la zona, se fueron a la semana de su llegada, después de varios acosos, por la que estuvo sometida, por parte de los dos jabalíes. Una madrugada, amaneciendo el nuevo día, los vientos empezaron otra vez a soplar con rachas fuertes del norte, las lluvias, por fin, desaparecieron. Este mismo día, ya entrada la noche, pasaron por las orillas del regatón, sin detenerse cuatro jabalíes jóvenes.

Tiende estos jabalíes jóvenes, a juntarse cuando se separan de la piara... Meses más adelante empiezan por separarse, dos días después me visitó el cazador, al cabo de quince días. Regresó cargado con medio saco de maíz en el hombro, lo dejó caer al lado del comedero, que se encontraba ya con cuatro granos. Rastreó las zonas del comedero y vecina baña, se sorprendió, cuando se percató de las huellas del viejo jabalí, en los mismos bordes de mi vecina baña. Que, conservaba el agua aún revuelta, de haberse barreado unas horas antes, de recogida hacia él encame. Se destacaban, con diferencias grandes, las huellas del viejo jabalí, con las del fiel escudero. Me recebó con el medio saco de maíz y se dispuso colocar él aguardo, despatarrado, por los fuertes vientos y agua ceros caídos. Los aires de estos días, soplaban del este y son estos aires malos para el puesto, airean el regatón, que es por donde suelen entrar más cantidad de jabalíes. Tuve que esperar que cambiasen los vientos, para ver el cazador, con los aires del este, en muy pocas y raras ocasiones lo espera. La misma noche, se acercaron con mucha cautela el viejo jabalí, en compañía del fiel escudero, que no se separaba de él. En parada quedaron, mucho antes de llegar al claro del regatón, ocultos entre las jaras y retamas, venteaba el viejo jabalí, observando recelos, iluminado con la luz de la más de media luna, la gran cantidad del maíz... Desconfió. Receló tanto, que ni siquiera incitó a su escudero, para que saliese al claro del comedero. Dio un leve resoplido y se alejaron muy despacio de la zona dcl comedero, por los mismos pasos que acudieron. Entrada la media noche, tuve la agradable visita de dos jabalíes jóvenes, posiblemente eran dos de los cuatro, que pasaron estas semanas atrás de madrugada. Dieron un leve rodeo, antes de entrar en el comedero, y se pusieron comer del maíz un poco confiado, porque formaban bastantes ruidos, masticando los granos. Hociquearon después, varias zonas por los alredededores del comedero, lombriceando.

Volvieron a visitarme, los dos jabalíes jóvenes, las noches siguientes… Ya aquerenciados, confiados con mi dulce maíz y vecina baña. El viejo jabalí, que se encontraba muy desconfiado y receloso, desde que recebó el cazador el comedero, y ya de esto había trascurrieron cinco días. Desde entonces, no consintió entrar en el comedero, recelando y desconfiando de él. ¿¡¡¡Ni tampoco dejaba aproximar, el fiel escudero!!!? Solamente regresaba, "egoístamente" cuando sentía el masticar del maíz, de los dos jabalíes jóvenes, para poder pillarlos y darles unos revolcones, que aborreciesen el comedero. Pero los jabalíes, regresaban más tarde, pendiente y muy atento del alejamiento de las zonas, de los dos guerrilleros a unas ciertas distancias, ya entraban un poquito más tranquilos y confiados. El cazador, que se presentó por la mañana bien temprana, miró para mí, observó contento el poco maíz que tenía. Se encontraba muy alegre, mirando la gran cantidad de rastros, que había en el comedero y vecina baña, que estaba muy tomada. También se fijó en los alrededores, lo hociqueados y levantados que estaban. Durante en el rastreo, que llevó a cabo por las orillas del regatón, se quedó admirando, contemplando las huellas del viejo jabalí, juntas con las del fiel escudero, que enseguida reconoció, comprobando después preocupado.

¿Por qué, no se veían, estas huellas en el comedero?

El cazador esperó con mucha paciencia durante cuatro largos días, que cambiasen los vientos del norte… O noroeste, para poder esperarlos.

-Me recebó con las dos bolsas del maíz que traía y también recebó mi vecina baña. Se marchó ilusionado al contemplar tanta cantidad de rastros, en estos cuatro días que tuvo que esperar que cambiaran los aires, los jabalíes jóvenes no faltaron ni una noche. A muy de pesar del acoso tan grande que, estaban sometidos por parte del viejo jabalí.

Obsesionado, que aborrecieran el comedero y zona, con muchas zorrerías una noche los sorprendió. Se encontraba el viejo jabalí desconfiado, junto con su fiel escudero por debajo del regatón, cerca de la ribera, hociqueando las húmedas orillas. Sintió el masticar de los granos del maíz, se giró y lentamente, y se dirigió hacia el comedero, buscando los aires a su favor. Sigiloso, evitando hacer el menor ruido posible para que no sintieran sus andares, se aproximaba, cada vez más, por las traseras del puesto derecho al comedero... Los sorprendió comiendo tan tranquilos.

Alcanzó uno de ellos y dándole unos pocos de revoltones, hasta que consiguió liberarse el pobre jabalí joven, que salió corriendo a duras penas con dos heridas, una de ellas profunda en un costado. Amaneció un día gris, sin lluvias, con una ligera brisa del noroeste, y a medida que avanzaba el día, las nubes iban desapareciendo. El sol asomaba tímidamente entre estas nubes en algunas que otra ocasión. Recordé al cazador, durante todo el día, que por fin soplaban los vientos, ya como deseaba.

Posiblemente, cavilé, que con estos aires lo tendría de compañía unas horas, por la noche. ¿Y no me equivoqué? El caer de la tarde, lo vi aproximarse con pasos seguros y bien estudiados, entrar dentro del puesto. ¿Esta espera, pensé, que tendría poco éxito? Los jabalíes jóvenes, tardarán en acudir por la zona... Si es que acuden. Y el viejo jabalí egoísta y desconfiado, junto con el fiel escudero, si vienen por las zonas, que seguro que acudirán se moverán por los alrededores del comedero, lo más seguro que no lo visiten.

Como no tuviese la fortuna de que, entrase un jabalí por los alrededores y le llegara el olor del maíz, lo tenía fatal, aunque intente de comunicárselo, pero por mucho que insistí en transmitir fue inútil. ¿No me hizo ni pizca de caso?

Pasaron unas horas de espera muy tranquilas, el viento se puso un poco bravo y se cambió del norte. Llegaron estos cambios de los aires con un leve chaparon, que duró más bien poco. Observando las gotitas de lluvia como cesaban, sentí unos ruidos que provenían de la parte baja del regatón, próximos a la ribera, pensé que serían del viejo jabalí desconfiado... O quizás del escudero. Sí, efectivamente, eran ellos, hociqueando las orillas del final del regatón, cerca de la ribera. Pendiente y muy atento, me encontraba del jabalí desconfiado, cuando me alertaron unos ruidos producidos por la zona que, solían moverse los jabalíes jóvenes. Estos leves ruidos se acercaban cada vez más rápidos, hacia la parte alta del regatón, bajando por el mismo los conducen al comedero. El cazador, estos leves ruidos, sí, que los había detestado y en alerta se puso, se preparó para recibirlos. Enseguida apareció una piara de cinco jabalíes, aproximándose. Se pasaron a la otra orilla parándose unos momentos antes de asomarse a los claros del comedero, enseguida sin más avanzaron hacia él. Difuminados por la luz de la media luna, aparecieron en el claro los bultos negros dirigirse al comedero. Un poco frustrado y contrariado se quedó el cazador, al ver la piara, pues se esperaba el viejo jabalí. Pero disfrutó viendo los bultos negros, que hacía los jabalíes... Ni respiraba emocionado, sintiéndolos. Pero Yo, sinceramente querido lector y lectoras, me encontraban en alerta y muy atento del jabalí desconfiado, Teniendo conocimientos, más que sobrado de su codicia, junto con su gran egoísmo, le llevará alejar del comedero a este grupo de jabalíes.

¿¡¡¡Efectivamente, no me equivoqué!!!?

Lo sentí salir del regatón y empezó dar la vuelta al comedero, sigiloso… Despacio. Estaba haciendo exactamente la misma operación que, hizo con los dos jabalíes jóvenes. Al verlo aproximar por las traseras del puesto, me preocupé.

Temiendo que siguiera en esta dirección, porque rápidamente, se cruzaba con los olores temidos del cazador, un poco más adelante y ya estaba llegando a la cruz donde aireaba. Gracias a los "Dioses de la Caza" se paró tan solo unos metros de la cruz que aireaba el cazador, mismo detrás del puesto, que le sorprendió, pues cuando quiso darse cuenta del jabalí, lo tenía encima. Por arte de "Magia" de algún santo aficionado, que estaría en estos preciosos momentos contemplando el lance, desde lo más alto del cielo.

¿Se cambiaron de pronto, "misteriosamente", los vientos? Aireando con estos cambios misteriosos, "improvisados" la zona del comedero. Rápidamente, se escucharon barios bufidos y ronquidos de la piara, cuando le sorprendió de pronto el temido olor del cazador, en estampidas, asustados por este olor, se alejaron del comedero. El viejo jabalí desconfiado, que se encontraba a tan solo unos metros del cazador... Totalmente convencido él, que la espantada de la piara, fue producida por su presencia, avanzó unos metros, con pasos muy seguros, derecho al comedero. Con el rifle, que ya lo tenía preparado con la intención de levantarse rápido y disparar, en los precisos momentos que se hubiera cruzado con su olor. ¿A dos metros del cazador, hay murió!? El viejo jabalí desconfiado, egoísta y avaricioso, no se enteró de su muerte, para fortuna y suerte del cazador, con el cambio del viento, "misteriosamente" repentino, que le favoreció y le puso estos cambios de los aires, el jabalí desconfiado, a tan solo unos metros y para mayor gracia aún del cazador, estaba cruzado. Ni quería comer, ni dejaba que comiese el fiel escudero, la avaricia, junto con la desconfianza y recelos, lo conduce hacia la muerte.

LOS SEMBRADOS

-Sin lugar de duda, las grandes extensiones de cualquier tipo de siembras, maizales, avena, trigales, girasoles, etc. Aunque se encuentren alejadas de las sierras. Sin embargo, son auténticas manchas para los jabalíes, donde encuentran comida, encame y seguridad.

En los meses de siembra se encuentran buenos jabalíes, que se desplazan desde sierras lejanas a estas grandes llanuras de siembra, aquerenciados estos viejos jabalíes, con estos llanos.

LA SIEMBRA

Final de octubre, de hace unos años, el cual fue maravilloso, siembran, por primera vez, las tierras vírgenes de la cerca... Ni que decir, aquello se convirtió en un ir y venir de jabalíes, que acudían atraídos por esta siembra de avena, desde sierras muy lejanas, algunos más que otros, ya se quedaban encamados en la misma, que llegó coger una altura impresionante. El cazador, estaba como en un sueño, lleno de alegría y satisfacción, viendo el día a día, cada vez más cantidad de rastros por todas las zonas. Mi vecina baña, se encontraba muy solicitada y estaba tomada. Pues era muy rara la noche, que no la visitasen algún que otro jabalí. Me llamó la atención entre tantos jabalíes, que acudían atraídos por la avena, más tarde con el maíz... Un solitario jabalí serrano, ya entrado en años, "pequeño, de cuerpo", pero muy cabezón. Cada vez que visitaba el comedero, o mi vecina baña, si en esos precisos momentos se encontraba algún que otro jabalí comiendo, rápidamente, dejaba de comer y salía en estampida, parándose a unas ciertas distancias. Algunos, con temor de este guerrillero jabalí, aborrecieron el comedero y la zona. El mes de mayo de aquel año, maravillo, gracia a la siembra de avena, había muy buenos jabalíes, moviéndose por la misma.

¿Incluso, llegó a visitarme en una ocasión una cierva? Que me quedé bastante sorprendido cuando la vi, era la primera vez que, veía una cierva por esta zona donde me encuentro. Se aproximó al comedero sin apenas recelos, arrodillando las patas se dispuso comer del maíz.

Que comió de él durante un tiempo largo. Con la misma, satisfecha, se alejó por la misma zona que acudió.

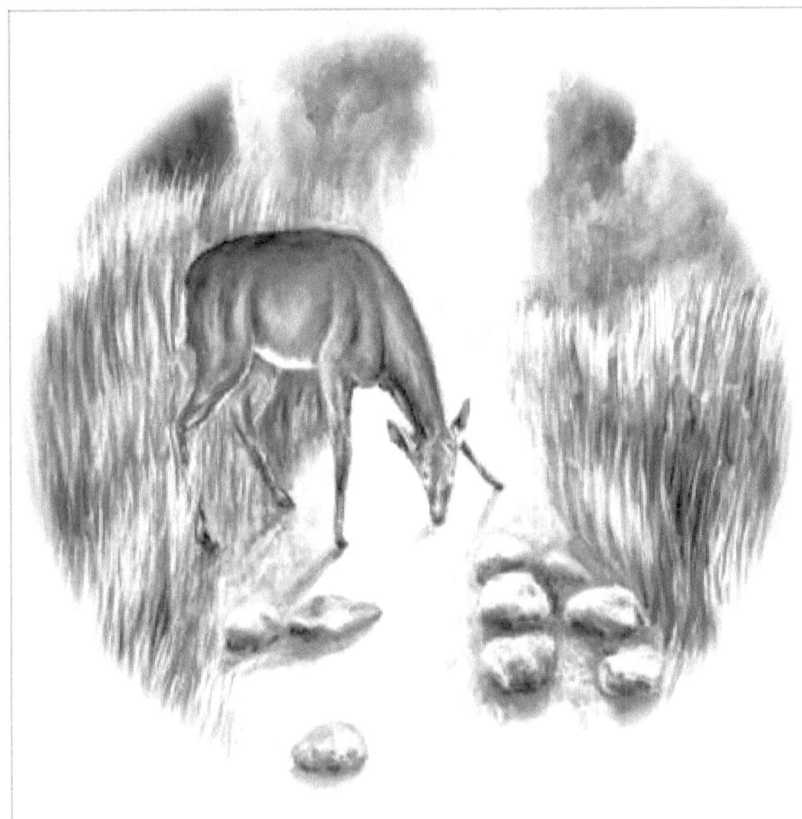

El cazador con la avena ya madura, una de las muchas mañanas que me visitó, se percató de estas enormes huellas del jabalí cabezón, que dejó bien marcadas la noche anterior en mi vecina baña, con la cual estaba aquerenciado y la visitaba con bastante frecuencia. Este mismo día, ya entrada la madrugada, tuve la fortuna de presenciar una trifulca, que la estaba viendo de venir de una noche a otra. Se enfrentó el jabalí cabezón, con un solitario jabalí, que estaba este muy picado con el comedero y se encamaba cerca de él... ¿¡¡¡En la avena!!!? Y para mi mayor sorpresa, ganó el combate el jabalí cabezón, a muy de pesar de tener mucha más envergadura y cuerpo, el otro solitario jabalí.

Que se alejó el pobre lentamente, sangrando por la barriga, dos días después de esta trifulca, al caer de la tarde, se presentó el cazador, ilusionado como siempre viene de espera. Dispuesto para disfrutar del posible lance de este jabalí cabezón, muy aquerenciado con mi vecina baña. Regresó por una trocha que había formado en la avena, de las muchas veces que pasó dirección al puesto de lo alto de la encina. En los precisos momentos de su llegada, se encontraban en el comedero una piara que habían pasado el día encamados en la avena, muy cerca del comedero. Cuando sintieron los pasos sigilosos del cazador, aproximándose, en estampida, corrieron todos muy asustados hacia la ribera, formando unos tremendos ruidos saliéndose de la avena. ¿Y esto sí, que no se lo esperaba el cazador? Que se quedó un ratito pensativo, sin saber que es lo que hacer, mirando el puesto. Sí, marcharse... O subirse a él, con la misma, se fue desilusionado. Yo, precisamente, esta noche me lo pasé bastante entretenido, con una numerosa piara que estuvo a punto de ser sorprendida comiendo del maíz, por el jabalí cabezón y como corrían todos regatón arriba.   -
Ji. Ji. ¿Ji... Ji...? Me entró la risa viéndolos correr. Que más tarde estuvo a punto de tener otra trifulca con un jabalí solitario, que se acercaba al comedero, se cruzaron en sus andares... Mirándose se quedaron unos minutos en parada, con caras de muy pocos amigos. Después de esos momentos tensos, el jabalí solitario se dio la vuelta y se alejó muy despacio, regatón hacia abajo. Dos jabalíes muy jóvenes, recién apartados de la piara, le cogieron tal miedo que, abandonaron la zona. Bastante flamenco y sobre todo guerrillero el jabalí serrano, a pesar de tener poca envergadura. Recuerdo con mucha satisfacción, pero sobre todo con alegría la noche del lance. El cazador, que se imaginó por su alocada y rara manera de actuar, que era el solitario jabalí de las huellas grande, que con ilusión y esperaba.

Se sorprendió bastante, cuando lo sintió correr, en los emocionantes momentos, tan tensos en lo que se encontraba, sintiendo el acercamiento de dos jabalíes, que entraban con mucho sigilo en el comedero.

El tremendo escándalo que provocó, rompiendo y aplastando la avena a dos carrillos en su frenética, pero sobre todo rápida carrera hacia el comedero. Intentando, con esta insólita espantada, intimidar a los dos jabalíes, que se encontraban ya comiendo del maíz.

Alucinaba el cazador, con estos fuertes sonidos de improvisación, y se quedó como hipnotizado, sintiendo los tremendos ruidos que provocaba tumbando la avena, en su loca, rápida y brava carrera... Esperó un poco desconcertado, estos sí, con el "corazón sobresaltado" ... Acontecimiento por esta actuación. Aquella tarde, regresó más temprano que en otras ocasiones. Se subió despacio al puesto de la encina, lo detesté con cara sería, concentrado con esta espera, ilusionado como siempre viene y con ganas de darle cazar al guerrillero jabalí, de estas impresionantes, huellas grandes, que sin verlo se lo imaginaba con los pensamientos. Los vientos soplaban bien, tendría movida de jabalíes con total seguridad muy pronto. Se acomodó para esperarlos y preparó los aperos de espera rápidos. Estando en estos preparo, sintió unos leves ruidos dentro de la avena, que se alejaban y se salían de la misma, con mucho sigilo.

Estos leves ruidos procedían de un jabalí solitario, que se encontraba encamado muy cerca del comedero, al sentir el acercamiento del cazador, se alejó rápidamente de la zona. Se puso de oreja, sintiendo como se alejaba y se quedó contrariado, no se esperaba que estuviese un jabalí tan temprano cerca del comedero. Lo sintió perfectamente, salirse de la siembra ya madura. Desconcertado, se consolaba el mismo pensando que sería un jabalí joven... ¿Un primaron? Trascurrieron dos horas de espera en una noche muy cerrada, no se veía nada más allá de dos metros. En este tiempo de espera, solo acudió un tejón. El cazador, al sentir el leve ruido del masticar, tuvo que iluminar el comedero, apagando rápidamente, la luz, una vez divisado el tejón, que comía del maíz tan tranquilamente, pero de pronto sin más dejó de comer y en estos momentos tensos de la noche, lo vi como corría velozmente, pasando por debajo de la encina del mismo puesto, fugazmente.

Muy pendiente y atento estaba el cazador, en alerta se puso. Es consciente, por experiencia, que el tejón lo hizo de correr un jabalí y que este no andaría muy lejos. ¿Se preparó aguzando al máximo el sentido del oído? Efectivamente, es el jabalí cabezón, esta noche no subió por las orillas del regatón, decidió… Eligió entrar por otros senderos diferentes, mismo del frente al comedero.

Estando pendiente del jabalí cabezón, detesté aproximándose, jabalíes por la parte baja del regatón subiendo, que podría ser la piara aquerenciada con el maíz, que acudían un poco más tarde. El jabalí cabezón, que se encontraba a tan solo, unos ochenta metros del comedero. Seguro, que ya estaría más que al corriente de la aproximación, de estos jabalines hacia el comedero. El cazador, que aún no detestó el jabalí cabezón, sí, a los que estaban subiendo, Que subían confiados, apenas pararon para ventear los peligros, pero antes de llegar a la orilla del claro del comedero, en paradas quedaron, ocultos entre las jaras. Después de unos minutos, asomaron dos cabezas entre las jaras de jabalíes, que miraban fijos hacia el comedero. Estos dos jabalíes, no los reconocí de anteriores ocasiones. Uno de ellos, ya entrado en años, muy canoso y el otro negro como la mora, con mucho más cuerpo, seguramente el escudero, no me equivoque. El viejo canoso, jabalí, lo empujó para que saliese al claro del comedero y el escudero salió sigilosamente derecho hacia el maíz. Más tarde, salió al claro del comedero el canoso y viejo jabalí, con pasos pausados derecho hacia mi vecina baña. En tensión, con el corazón acelerado, se encontraba el cazador, sintiendo los leves ruidos que producían los dos jabalíes en el comedero, sin poderlos de ver, pues se encontraba la noche, completamente cerrada. Preparó el rifle con muchísimo cuidado y lo dirigió hacia los leves ruidos, que producían los jabalíes.

Solo faltaron unas décimas de segundos, para haber iluminado el comedero. Cuando le sorprendió, unos escandalosos ruidos, rápidamente quitó el dedo del interruptor del foco, sintiendo una tremenda galopada, tumbando la avena a dos carrillos dirección al mismo comedero. En esos momentos "Mágicos" tan tensos y llenos de adrenalina, hicieron que se quedara como hipnotizado el cazador, durante unos larguísimos minutos. El jabalí cabezón corrió unos cincuenta metros dirección hacia el comedero. Provocando tremendos ruidos, tumbando la misma en su brava carrera y se paró de golpe. ¿¡¡¡Sé fresno en seco!!!?

Los dos jabalíes, pararon de comer el maíz, alzaron las cabezas y miraron hacia la zona donde se había producido, los alborotadores ruidos de carrera ¿No se movieron para nada? Sobre todo, el canoso jabalí, que parecía un perro de muestra parando, con las orejas de puntas y el rabo totalmente levantado. ¿Yo, me temía ya lo peor? "Un enfrentamiento". Empezó a moverse lentamente el jabalí cabezón, lentamente, poco a poco, hacia el comedero. El cazador, que lo sentía perfectamente, "aproximarse" cada vez más y más. Sin reaccionar aún por todos los acontecimientos, improvisados.

"Mágicos" que estaba viviendo... Un poco desconcertado, bastante nervioso, con el corazón sobresaltado, dándole martillazos. Esperó impaciente, bastante atolondrado, que entrarse en el comedero. Se paró en la misma orilla del claro, asomó la cabeza. El viejo canoso, jabalí y su escudero, no le quitaban el ojo de encima. El escudero, al verlo tan cerca, se intimidó, rápido se salió del comedero y se paró en la misma encina del puesto. Sin reaccionar el cazador, se encontraba para darle algo, sintiendo todos los movimientos de los jabalíes, sin poderlos ver... En esta noche tan oscura. Salió al claro del comedero el jabalí cabezón, con andares lentos, pero decididos, se dirigió hacia el canoso y viejo jabalí, se paró tan solo dos metros de él. Se quedaron los dos mirándose fijamente, sin pestañear. ¿Parecían en estos momentos, impresionantes, que los había disecado? Yo, que me encontraba muy impaciente, sobre todo deseoso de ver de un momento a otro, iluminado el comedero. Pero al ver que el cazador no reaccionaba, intente por todos los medios posibles de comunicar, que era el momento. "Cazador" ... ¿Cazador? Ahora es el momento, no esperé más, le comuniqué en voz baja repetidas veces, "pero nada", se encontraba como hipnotizado. El jabalí cabezón dio dos pasos hacia adelante, empezó lo que se veía de venir, "la trifulca". Sonidos... ¿Gruñidos, Golpes? Estaban enfrentados los dos valientes jabalíes, en una sangrienta y muy brava batalla. El cazador, que estaba atento a los gruñidos y sobre todo a los tremendos ruidos que provocaba la trifulca, sin poder de contemplar por la gran oscuridad de la noche... Estando en completas penumbras. ¿Aún seguía todo descompuesto, hipnotizado? Yo, ya no podía más, le grité en repetidas ocasiones que no esperase más, pero nada, me ignoraba por completo. Los sonidos de gruñidos y secos ronquidos, se dejaron de escuchar, se produjo un misterioso silencio, el viejo valiente canoso jabalí, empezó a caminar lentamente.

Se paró mismo detrás de la encina del mismo puesto... Unos metros solos más hacia adelante, aireaba el cazador. Se encontraba este bravo jabalí, con dos heridas profundas, una de ellas, le sangraba. En estos profundos momentos de silencio, reaccionó por fin el cazador y cogió el rifle con muchísimo cuidado, lo dirigió hacia el comedero.

¿¡¡¡Rápidamente, iluminó!!!?

Como dos estrellas le brillaron los ojos, al mirar la luz, el jabalí cabezón, que se giró en los momentos de recibirla como un relámpago, y salió velozmente corriendo al verse iluminado. El cazador que, a muy de pesar de su nerviosismo, no se dejó sorprender por esta reacción que tuvo el jabalí, pues corriendo y a duras penas, intentaba por todos los medios entrarlo en la cruz del visor y le disparó, esto sí, precipitadamente, ya de culo. En segundos se oían las carreras asustadas de los tres jabalíes, aplastando la avena. El jabalí cabezón en su desesperado escape, "sorprendentemente" se paró de golpe a una distancia aproximada, de cincuenta metros del disparo, empezó como a refregarse el culo por el terreno. Igual que hacen los perros cuando tienen lombrices. El cazador, que se encontraba muy acelerado por todos los acontecimientos, pero no se dejó, ni mucho menos de sorprender por la reacción que tuvo el jabalí, lo llevaba iluminado en su huida y le disparó rápido, cuando se paró sentándose de culo. Al disparo se incorporó fugazmente, y corrió otra vez dirección la ribera. De la tensión tan grande, y tan grande en la que estuvo sometido, tardó un poquito más en bajarse del puesto de la encina, se dirigió rápidamente, hacia donde le disparó. Vio enseguida la arrancada del jabalí, siguió por la trocha que hizo en la avena de huida, en el trayecto no encontró ningún rastro de sangre. Más adelante encontró la segunda arrancada.

Siguió por la trocha que formó el jabalí, un trecho más, pero tampoco pudo apreciar señales de sangre. Decidió un poco frustrado, bastante confuso por todos estos acontecimientos desarrollados, en los que se habían convertido el lance, dejar el rastreo para la mañana. ¿Se marchó pensativo y disgustado, temiendo ya lo peor? "El fallo del jabalí"? Y por si fuera poco aún, con todo lo sucedido, terminó con todas las ropas completamente, "empapadas" del rocío que ya tenía la avena, que llegó a coger una altura impresionante. El cazador, que se fue pensativo y preocupado, pensando que había fallado el jabalí... Sin embargo, sí que pensó, que tenía que estar mal-herido cuando se paró y se sentó a tan solo cincuenta metros del disparo, refregándose el culo por el terreno. No se podía imaginar en los momentos tan confusos, que el primer disparo lo hirió mortalmente.

Con las primeras claras, iluminando el nacimiento del nuevo día, se encontraba observando la primera arrancada del jabalí, decepcionado, por no ver señales de sangre por los alrededores de esta arrancada. Siguió por la trocha, que lo llevó a la segunda arrancada, y en su trayecto tampoco pudo apreciar rastros de sangre. ¿Pero sí, qué, se fijó en las huellas y le llamó bastante la atención, pues las veía muy pronunciadas?

Dibujadas perfectamente, gracias al terreno emblandecido de la avena, recorrió unos cien metros tras las huellas, sin ver ni una sola gota de sangre... Sin embargo, le llamó mucho la atención las pezuñas, que cada vez las encontraba más hundidas. Avanzó un poco más y vio unas gotitas, de sangre, muy sucia en una rama de avena, que le alegraron las gotitas el corazón. Se introdujo tras las huellas, en una zona de hierbas, que no se encontraba sembradas de avena, ahí sí, que no se podían apreciar las huellas. ¿Empezó el cazador a desesperarse? Daba dos pasos hacia adelante y ocho hacia atrás.

Tras dos larguísimas horas de rastreo, se temía ya lo peor, las alambradas de la ribera se encontraban sobre unos cien metros, decidió ver los coladeros, por si acaso se coló por algún portillo... Nada, no vio, ni tampoco pudo apreciar ningún rastro más de sangre, con la moral por los suelos, desilusionado, perdió ya toda la fe y esperanza de encontrarlo. Desolado, triste y hundido, decidió abandonar, cabizbajo, saliéndose de estas zonas de hierbas y llegando al corte de la avena, oteó un bulto negro alejado. Que, rápidamente, identifico, al verlo se le iluminó el alma y llenó de alegría y gozos el corazón, cuando divisó muerto el jabalí cabezón. Que contento se encontraba el cazador, observándolo... Lo miraba y miraba, con cara de alegría, pero sobre todo con mucha satisfacción de verlo encontrado. Con un solo disparo... "El segundo lo falló", le entró la bala por el huevo derecho y se frenó en su trayecto, atravesando el corazón.

¡¡¡La bala, lo destrozó por dentro!!!

El bravo, valiente jabalí cabezón, cayó muerto sobre unos ciento cuarenta metros del primer disparó. En la entrada de la bala solo se apreciaba un agujerito del grosor de una colilla de tabaco, en él huevo derecho. Este lance quedó grabado en los recuerdos del cazador, como uno de los mejores. ¿No, ni mucho menos por el trofeo, que sí, que dio un buen oro? Sí, y mucho por todos los acontecimientos, que tuvieron el lance, que, con las penumbras de la noche tan oscura, como cómplice y testigo. No puede ver la batalla, tuvo la paciencia de aguantar la trifulca, disparando sin saber al vencedor. ¿La fortuna, sí, que es verdad, le sonríe? Acertando disparar el mejor de los tres, sin saber cuál de los tres, sería el mejor, sobre todo, el sufrimiento del rastreo, que junto con el cansancio "que se le quitó de momento" cuando divisó a lo lejos el bulto del jabalí cabezón, al verlo se le ilumina su alma, le llenó de alegría el corazón.

INISTINTO SALVAJE

Bravo, listos, finos, fuertes, para que seguir con frases alabándolo, escribiré, etc. El instinto salvaje que la madre naturaleza los dotó, es digno de admirar... Alabar. Cuando se desplazan y salen de sus querencias, estudian al máximo los nuevos terrenos de los obstáculos de peligro de sus posibles movimientos, "si lo encuentran tranquilos" para su seguridad, se quedarán un tiempo, memorizando al máximo el posible escape, de una posible huida. Con este jabalí en concreto de esta narración, quedé sorprendido por la seguridad que encontró, insólitamente, en la zona, teniendo memorizados todos los peligros.

INSTINTO SALVAJE

Añoro con nostalgia los recuerdos de aquellas fechas ya lejanas, que se le ocurrió hacer el puesto en lo alto de la encina, desde el mismo día que lo hizo, se entusiasmó mucho más con el comedero y vecina baña.

¿Ya sus visitas fueron mucho más frecuentes?

Disfrutó más, en aquellos tiempos, desde arriba, viendo y sintiendo las artimañas que, con sabiduría, empleaban los jabalíes, sobre todos aquellos listos y sabios ya entrados en años antes de las aproximaciones, de las zonas del comedero y vecina baña. Y en aquellas épocas recuerdo un lance con admiración, hacia un solitario jabalí, que se aquerenció con unas almendras del comedero. El jabalí, muy listo, fino y bastante desconfiado, se ganó a pulso la admiración del cazador, por su gran seguridad y sabiduría, pero, sobre todo, por tener más desarrollado el instinto salvaje de supervivencia. ¿Satisfecho con el bello lance? Recuerdo con mucha alegría como se emocionó el cazador, y con los ojos enrojecidos por la tensión de los momentos. Observé como se le escapaban unas lágrimas, de lo emocionado que estaba, mientras miraba arrodillado el astuto jabalí, abatido en la misma mitad del viejo camino de los cañizos. Agradecido a la media luna como cómplice y testigo, blanqueando con su luz, la oscuridad de la noche, pudo apreciar perfectamente, las artimañas empleadas en los rodeos de este astuto, desconfiado, y sobre todo fino jabalí, en busca de las ansiadas almendras. Enamorado del aguardo, goza el cazador con este bello lance, aprendiendo, tras varias esperas efectuadas, algunas artimañas empleadas del astuto y fino jabalí.

Amparado siempre en las penumbras del "mundo de la oscuridad". Este bello lance sucedió en una noche primaveral. Una de las muchas mañanas de sus agradables visitas, me extrañó verlo hacer unos pequeños hoyitos, pocos profundos al lado del comedero, los rellenó de almendras y los tapó un poco con la tierra. Con el comedero repleto del maíz y observando que no acudían por la escasez de jabalíes, por aquellas fechas, prácticamente el comedero sin actividad… Aburrido se le ocurrió esta idea de cebar con las almendras. Las tres semanas últimas antes de este lance, acudían más bien pocos jabalíes al comedero, esto sí, pasaban de pasos algunos más que otros, pero no cogían querencias con la zona ni con el comedero, decidió probar fortuna con las almendras. Los alimentos en primavera son generosos con los jabalíes, por la siembra y las hay en casi todas las zonas. Aclarando poco a poco las penumbras de la noche, iluminadas con las primeras claras del nuevo día. Pasó cerca del comedero un jabalí, bastante gordo y muy largo, se quedó mirando para el maíz mientras caminaba sin parar, dirección mi vecina baña. Se barreó con energía y se refregó con fuerza los costillares, se levantó y fue derecho al joven alcornoque, donde se rascó contra él, señalando en la blanda corcha las tremendas navajas. Sin más, se alejó regatón debajo dirección la ribera para pasar el día encamado, en los frondosos y lozanos zarzales de las orillas. Me volvió visitar el jabalí solitario, tres noches después, desde lo lejos detesté, como receloso daba unos rodeos, por las aproximaciones del comedero, venteándose de la zona. Sin lugar de duda, "es pájaro viejo", deduje viéndolo actuar. Dos noches más adelante, supliqué a los "Dioses de la Caza", contemplándolo en el comedero, que cogiera algo de confianza y se quedara en la zona, pero, sobre todo, que no recelara con la zona del comedero, que cogiera confianza con él, así no daría los rodeos, como las primeras noches, que se presentó.

Confiado un poco con el comedero, dará menos desvió y resultará más fácil de poder lograr sorprenderlo el cazador. Si no, lo tendrá muy difícil, con tantas desviaciones, entró derecho hacia la baña, los picotazos de garrapatas y mosquitos, el calor lo conducen hacia ella, que le aliviaron los barros de estos tormentos de las picaduras de los insectos. Se incorporó de la baña y se fue derecho al maíz, donde comió unos granos, con las mismas se dirigió a uno de los hoyos, donde se encontraban enteradas las almendras. Con el hocico destapó unas cuantas, devorándolas, inmediatamente. A duras penas lo pude sentir, cuando las mandíbulas destrozaban, con una facilidad tremenda, las cáscaras de las almendras.

Minuto después, satisfecho, desapareció por la misma zona que entró, no sin antes refregarse otra vez los costillares y morros contra el joven alcornoque. Me volvió visitar las dos noches posteriores, "actuó con las dos", como la primera visita, el rodeo que con sigilo y muchas paradas por los alrededores del comedero. Regresó otra vez dos noches más adelante, actuó más confiado y estuvo más tiempo comiendo más cantidad de almendras.

Pensé en el cazador durante estas noches, lo contento que se pondrá cuando venga y compruebe que están comiendo las almendras. Lleva ya más de dos semanas, que no le veía los pelos y esto en él… Bastante raro es, con la afición de espera que tiene. Tuve que esperar cuatro días más, para verlo regresar a media mañana con un manojo de espárragos en la mano. ¿Ya le vale? En vez de estar rastreando las zonas, se enredó coger los espárragos. Rápidamente, se fijó en las cáscaras de las almendras, que las miraba con una sonrisa pícara, que al momento desapareció, cuando se percató de las enormes huellas, que tenían marcadas perfectamente mi vecina baña. ¿Te das cuenta, que hay que acudir más a menudo?

Le comuniqué despacio, total no me escucha, volvió el siguiente día temprano para recebar las almendras, y se fue muy satisfecho cuando comprobó, que el jabalí solitario de las huellas grandes había estado por la noche, comiendo las pocas que quedaban. Transcurrieron diez largos días y el cazador estaba más que desesperado, comprobando algunas mañanas más que otras, que el jabalí solitario visitaba el comedero en busca de las ansiadas y deseadas almendras casi todas las noches, y sufriendo estuvo todo este tiempo trascurrido por no poder esperarlo.

¿No podía aguardar el jabalí, querido lector y lectoras, por los vientos?... Los aires malos no tenían ninguna prisa por desaparecer.

Llegan, por fin, los vientos deseados y esperado por el cazador, ilusionado y deseoso por esperar el jabalí, se subió rápido al puesto de la encina con más de una hora del sol por delante, se acopló en el asiento con deseos de darle caza. Disfrutaba de la espera, atento a los sonidos de la noche primaveral, calurosa y con muchos indeseables mosquitos. No había trascurrido ni una hora de espera y los vientos se cambiaron.

Preocupado por estos cambios repentinos del aire, que no le gustó absolutamente nada, pero aguantó un poquito más para ver si acaso volvían como estaban. ¿Pero nada? Los pelillos de la nuca, aireados por estos aires, consiguen bajarlo del puesto. Maldiciendo los vientos entre dientes, relataba consigo mismo mientras descendía del puesto de la encina. "Esto es así, cazador", le dije. El encargado dueño y señor de la espera, son los vientos y te trasmiten con los cambios repentinos cuando tienes que abandonar. Le comunicaba mientras bajaba de la encina, para tranquilizar un poco... A muy de pesar, que me ignora por completo.

Aún no llegó a poner pie en el suelo, cuando sentí la presencia del jabalí solitario, por la parte baja del regatón, que venía ciego al comedero, pero sé fresno en seco, cuando detestó la presencia del cazador bajando del puesto. ¿Mal asunto cazador? Cavilé en estos momentos. El jabalí, que con la misma postura que paró, observaba atento y curioso desde la distancia prudente en la que se encontraba, esta cosa tan rara descendiendo de la encina. Inmóvil, como una estatua de mármol, miraba y miraba el bulto que hacía el cazador, bajando de la encina del puesto sin perderse ni un solo detalle. Un poco después, pendiente, sintió lo paso rápido del cazador, alejándose del puesto. Segundos más tarde, dio unos leves resoplidos y desapareció, se alejó lentamente, receloso y mosqueado por no poder comer las deseadas almendras.

Ni por ensoñación podía imaginar el cazador, que el jabalí solitario que estuvo esperando, lo tuvo a tan solo una distancia de ochenta metros. Observando… Atento a todos los movimientos, mientras bajaba enfadado de la encina, más tarde sintiendo los rápidos pasos, abandonando el puesto el cazador. Receloso con la vivencia vivida, fue más que suficiente para abandonar y aborrecer el comedero. A los cuatro días se presentó el cazador, regreso dos bolsas de la almendra, comprobó desilusionado que, en este tiempo, no había entrado ningún jabalí. Yo, viéndole la cara que puso de frustración, intente de comunicarle lo que paso, pero me resultó más que imposible. Recebó los hoyitos con las almendras y se alejó rastreando las orillas del regatón. Ya, con la primavera muy avanzada sobre media noche, sentí la aproximación de un jabalí, que se acercaba receloso, escamón hacia el comedero. Más cerca enseguida reconocí el jabalí, que se picó con las almendras. ¿¡¡¡Me extrañé muchísimo de verlo!!!?

Pero me puse muy contento y me alegré bastante que regresarse otra vez al comedero, se paró en la orilla del claro oculto entre las jaras unos minutos mirando hacia él. No quiso salir del jaral a muy de pesar de ventear las almendras, se alejó regatón debajo buscando los zarzales de la ribera. El susto que se llevó cuando sorprendió al cazador bajando del puesto, le duró más bien poco, solamente veinte días. Este tiempo trascurrido, las cuatro noches últimas, comía del comedero un jabalí joven, "un primaron", que se había aquerenciado con el maíz, pues la almendra desenterró más bien pocas. Dos noches más adelante, me volvió otra vez a sorprender la visita de este jabalí solitario, en parada oculto muy bien entre las jaras de la orilla del claro del comedero, lo observaba… Mirando hacia él estuvo durante unos minutos. Se giró hacia la derecha y sin salirse del inmenso jaral dio unos rodeos por los alrededores del comedero.

Se movía como una sombra que apenas se podía apreciar en un silencio total, Intentado no provocar ninguna clase de ruidos. Las cantidades de paradas que hizo antes de salir al claro del comedero, fueron impresionantes.

¿¡¡¡Me recordó en estos momentos, el jabalí indultado!!!?

La siguiente noche volvió, pero aún regresó con más desconfianza y más recelos, se acercó por las zonas de la encina del puesto oliendo las cercanías. Entusiasmado mientras lo miraba, "pensé en el cazador", lo difícil y complicado para poder lograr... "Conseguir sorprender en el comedero". Cuando regresó se puso muy contento, viendo la gran cantidad de cáscaras de almendras comidas. Al ver tanta cantidad de almendra comidas le vino los recuerdos del jabalí, que se aquerenció con ellas y que más tarde "sorprendentemente" aborreció, abandonó el comedero.

¿Si yo, pudiera comunicarle que es el mismo jabalí?

Pero, me resulta más que imposible de poder trasmitir, ojeando mi vecina baña, se le escapó una sonrisa picará viendo dos huellas diferentes, que se destacaba una de la otra, con diferencias notables, que hicieron estas dos huellas confundirlo, porque se imaginó un viejo jabalí en compañía del escudero. Viendo la cara que tenía de satisfacción, le pedí a los "Dioses de la Caza" que cometiera un fallo, el jabalí solitario la noche que lo esperase, porque si, no, sería ya más que imposible de poder sorprenderlo en el comedero. El siguiente día, el caer de la tarde, con pasos medidos y bien estudiados, se subió rápido al puesto de la encina. Ilusionado con el posible lance, miraba muy contento las cáscaras de las almendras comidas de la noche anterior. El gallito de luna, blanqueaba la noche… Los sonidos de los grillos e insectos ya se hacían de notar y los escandalosos alborotos de las mirlas buscando los dormideros, dejé de escucharlos. Atento, en alerta me encontraba cuando sentí unos leves ruidos, un poco después volví a sentirlos por las orillas del regatón, que se aproximaban rápido al comedero.

Pendiente estuve, enseguida apareció el jabalí joven, que se paró en la orilla del claro del comedero, oculto entre las jaras y retamas. El cazador, ya enterado de esta aproximación, se preparó, y cogió el rifle para recibirlo. Al verlo sí, que es verdad, no lo pude de evitar y le grité… ¿No? ¿¡¡¡Noóo!!!? No disparé que es un jabalí muy joven. ¿Un primaron? El jabalí caminaba confiado derecho al comedero, al segundo ya estaba comiendo del maíz. Se escuchaba el ruido inconfundible que, producían el masticar de los granos. Después de un periodo corto de tiempo, cavilé que esta vez sí, me escuchó el cazador, porque cuando iluminó el comedero no decidió disparar al ver el tamaño del jabalí.

-Se paró, dejó de comer… ¿¡Se alejó!?

Después de estar comiendo maíz, más de treinta minutos de los cuales, disfrutó el cazador sintiéndolo, y viendo el bulto negro que hacía el jabalí en la misma mitad del comedero. Pasaron dos horas completamente tranquilas, el cielo, que se encontraba iluminado de estrellas, le acompañaba en todo lo alto un gallito de luna.

¿¡¡¡Propias de noches cochineras!!!?

Que invitaban quedarse más tiempo, disfrutando de la noche y de la espera. Solo interrumpían el silencio de la noche, las ranas de la ribera con su croar insoportable. Entorpeciendo estos fastidiosos sonidos, de otros del mundo de la oscuridad. Se aproximaba la hora que se había marcado para abandonar la espera, el jabalí solitario aquerenciado con las almendras, acudía más bien tarde y me encontraba un poco incómodo, porque sentí unos ruidos un poco alejados cerca de la ribera. Pero, observando la cara que tenía el cazador, deducía que no aguantaría mucho más tiempo la espera, y ya, empecé preocuparme aún más, porque los ruidos que sentí a lo lejos, ya los estaba sintiendo por las orillas del regatón, subiendo derecho al comedero por los mismos pasos que entró el jabalí primaron. Angustiado estaba, porque ya lo veía con intenciones de bajarse del puesto y le ocurrirá lo mismo que le pasó, la otra vez que lo esperó. El jabalí, con muchos sigilos y bastantes recelos, se aproximaba por las orillas del regatón, de la manera de moverse sabía de sobras, que el cazador le sería más que imposible de poder detestarlo, parecía que venía montado en una nube. Se salió de las orillas del regatón por las traseras del puesto, venteando el comedero... Yo, me encontraba más que incómodo... Nervioso, viendo como avanzaba, unos metros más adelante se cruzaría con el temido y resabiado olor del cazador. Haciendo menos ruidos que una pluma de pájaro al caer en el suelo se acercaba lentamente.

En parada quedó, sobre unos ochenta metros del mismo comedero, venteando hacia la zona que le llegaba a su potente olfato, el temido y peligroso olor del cazador. En cazador que ni por ensoñación se enteró de que lo tenía detrás, con la misma astucia y sigilo que se aproximó, se alejó por los mismos pasos. Que fino fue, receloso y "egoísta" también

-No quiso dar ni un leve bufido, ni tampoco un corto ronquido, no consintió en absoluto delatarse y así, se lo hizo de saber al cazador. Que, ni por imaginación, se enteró de esta aproximación.

Cosa muy extraña y bastante rara que suceda… ¿Sucedió?

-El jabalí acudió tres noches después, ya de madrugada, y comió de las almendras, pero había que verlo de qué manera se aproximó al comedero. Sorprendido, quedé por su inesperada visita, pero aún más asombrado, viendo como actuó por las aproximaciones del comedero antes de entrar en el mismo, por su forma de actuar, sabía de antemano que sería ya más que imposible de poder lograr sorprenderlo en el comedero. El cazador, que acudió cuatro días después, se alegró bastante viendo las cantidades de cáscaras de almendras comidas y no se lo pensó mucho para hacer una espera la misma noche, como yo imaginé, fue un fracaso y las tres posteriores también.

Totalmente confuso se encontraba el cazador al contemplar algunas mañanas más que otras, que seguía acudiendo a comer de las almendras. Alucinaba el cazador con la osadía de este jabalí, pues por narices tuvo que ventearse de él, en una de las cuatro llevadas a cabo. ¿Era la primera vez, que le pasaba un caso tan extraño como este? Desesperado, desconcertado, observando en los rastreos la valentía y osadía del solitario jabalí, le hizo un montón de espera. En los portillos de la ribera, en aguardos improvisados, por los alrededores del comedero.

No había forma de poder conseguir sorprenderlo y por si fuese poco sorprendente aún, no dejaba de acudir algunas que otra noche, a por su ración deseada de almendras. Con tantos aguardos seguidos e improvisados, aborrecieron la zona el joven jabalí y una piara que se había aquerenciado con el maíz del comedero. ¿Se quedó completamente solo en la cerca? Memorizados, y muy bien estudiados los peligros, estaba muy confiado en su gran instinto de supervivencia. Una mañana de las muchas mañanas, que rastreó el regatón y los alrededores, dándole vuelta y vueltas a la cabeza, se le ocurrió una idea que quizás con un poco de fortuna podría darle resultado. Se percató, de las muchas veces que rastreó los posibles movimientos del astuto, confiado jabalí con la zona, que cuando abandonaba el comedero, en el viejo camino de los cañizos, en la parte alta del regatón, observó en los rastreos que llevó a cabo y que estudió minuciosamente, las huellas cruzadas de varias noches, ahí sí, que se apreciaban y se delataban bien las huellas. En este punto alto del viejo camino de los cañizos, se delataban los movimientos de subida del regatón, que empleaba algunas noches, "para dar los rodeos", que con recelos… Más bien con sabiduría, "empleaba". Esperándolo en esta zona, "pensó", que quizás con un poco de fortuna lo podría sorprender. Como lo pensó lo hizo, dos noches después, en un puesto improvisado, en la misma orilla del camino camuflado entre unas ramas bajeras de una joven chaparra, ocultaba perfectamente la silueta con el entorno, esperando muy contento e ilusionado, que cumpliese el jabalí. ¿Un poco nervioso sí que estaba? Pero, también estaba deseoso y con muchas ganas de encontrarse con este astuto y sabio jabalí. Tras unas pocas horas de espera sin sentir absolutamente nada. Caviló, preocupado, que otra vez el listo jabalí lo detestó, pero le costaba levantarse del puesto y abandonar la espera.

Ya era muy tarde, consideró lo listo y fino que es "el sabio jabalí". Mientras los pensamientos estaban en abandonar, el instinto de cazador lo incitaba, le hizo de recordar las huellas que, contempló, "admirado", perfectamente marcadas, próximas de donde se encontraba esperando, estos alegres pensamientos hicieron de retenerlo un poquito más. Estando en estos gozosos pensamientos, que lo tenían sumergidos, sintió un leve arroyar que, solo lo pueden producir los jabalíes. Al segundo desapareció, se le quitó el cansancio que tenía de las muchas horas, que llevaba esperando, activó rápidamente, todos los sentidos. En momentos sintió perfectamente, salir el jabalí de las orillas del regatón, lo sentía moverse entre el inmenso jaral, sigilosamente, como daba el rodeo hacia las zonas del comedero.

Lo sentía emocionado, como daba el rodeo hacia el comedero y zonas próximas.

Confiado a no oler ningún posible peligro, en estas zonas del comedero se acercaba cada vez más y más, por la parte alta del regatón, ya lo tenía el cazador, prácticamente a tiro, moviéndose entre las jaras en la misma orilla del camino. Lo notaba todo descompuesto y nervioso, con el corazón acelerado al máximo, moverse entre el inmenso jaral, pero, incapaz de verlo. No se atrevió iluminar la zona y buscarlo con la luz del foco, debido a la gran cantidad de jaras, que se encuentran en estas zonas.

Empezó a moverse despacio, por la orilla del regatón, bajando hacia el comedero, unos minutos después todo descompuesto e ilusionado, y a muy de pesar de la gran distancia tan grande que se encontraba del comedero, "sintió" … Gracia al silencio de la noche, como destrozaba las cáscaras de las almendras, y el masticar de las mismas producían otros sonidos diferentes e inconfundibles, las defensas. El cazador, que se encontraba como un flan, para darle algo de la emoción de tenerlo tan cerca y tan cerca, y al mismo tiempo tan lejos y tan lejos. ¿Se paró el ruido del masticar, después de media hora larguísima?

No se oía nada, se hizo un silencio profundo, el cazador rezaba a los "Dioses de la Caza" para que cogiese el regatón arriba, hasta el camino, como en otras ocasiones y el crujir levemente de una rama en la mitad del trayecto hacía el improvisado puesto, le encogió y aceleró al máximo el corazón, avisándole este leve crujir de una posible aproximación. Minutos después, volvió a reinar otra vez el intrigante silencio, durante un tiempo, sufriendo estuvo por esta pausa, se temía ya lo peor, que hubiera cogido otra dirección y Yo… ¿Dios mío? Me encontraba bastante alterado, viendo a este astuto jabalí a tan solo veinte metros del cazador, que aún no se había enterado. Un raspa-geo a su derecha, cerca de él, le encogió de nuevo su corazón y todo sobresaltado en alerta, parado en la sombra que proyectaba la luz de la luna sobre una encina.

Solo a unos metros del puesto improvisado, le sorprendió el jabalí, que giró la cabeza al leve ruido y estuvo con el cuello girando un tiempo que, se le hizo eterno e insoportable. No podía hacer ningún movimiento tan cerca, enseguida lo hubiera detestado el listo y sobre todo sabio jabalí. Sus pensamientos estaban en coger el rifle rápidamente, cuando comenzarse el caminar y temiendo estaba yo más que el cazador, porque como siguiera en esa dirección, se cruzaba rápidamente con el temido olor de peligro del cazador.

Gracias a los "Dioses de la Caza" sucedió el milagro y el jabalí se giró hacia la izquierda, caminó unos metros y se paró en la misma mitad del viejo camino de los cañizos. Que aprovechó bien estos momentos de los andares, para coger el rifle y apuntarlo. Pero, al verlo parado tan cerca que le podía dar con el cañón del rifle, de la misma emoción se le disparó el corazón… acelerando al máximo la adrenalina de todo su cuerpo. En parada, en la misma mitad del viejo camino de los cañizos, a tan solo cinco metros del puesto improvisado, la bella estampa del solitario jabalí, iluminado con más de media luna. ¿¡Fue una verdadera maravilla, de haberla podido contemplar!? Tenía esta bella imagen, más que hipnotizado al cazador, estos segundos "mágicos" rebozando adrenalina, se me hicieron interminables, impaciente, ansiosos por escuchar él disparo. Interrumpido el silencio de la noche durante unos segundos, producido por el fuerte sonido del disparo. El jabalí solitario yacía de rodilla, en la misma mitad del viejo camino de los cañizos… Como los grandes. Mirándolo se quedó, pensativo durante unos largos minutos y con los ojos enrojecidos, liberando toda la tensión que tenía acumulada, aún nervioso y bastante emocionado con este bello lance. Observé como se le escaparon unas lágrimas de los ojos enrojecidos de la tensión, mirando con admiración el astuto y sabio jabalí.

Arrodillado junto a él, se quedó unos minutos... Y lo miraba y miraba con cara de satisfacción, al listo, fino, desconfiado, astuto, sobre todo receloso y sabio jabalí.

ATAQUE DE UN JABALÍ, HERIDO

El jabalí herido saca fuerza de donde no las hay... Impresionante, digno de admirar, explota su bravura defendiéndose al máximo con ese hilo de vida que aún le queda. Estos jabalíes que quedan pinchados en la noche hay que dejar el rastro para la mañana. Es muy peligroso, pues, no lo ves venir y cuando te das cuenta lo tienes encima atacándote. En este relato la confianza de las muchas lunas traiciona al cazador.

EL BRAVO JABALÍ
HERIDO

Noche fría con niebla, mes de diciembre... Este mes de aquel año, las desesperantes y seguidas nieblas se apoderaban rápidamente de la poca luz de la noche.

¿¡¡¡No se veía más allá, de dos metros!!!?

El cazador, observando en esta espera como poquito a poco, se apoderaba la niebla de la noche y temiendo estaba por levantarse del puesto. Pues temía, que el viejo jabalí que estaba esperando estuviese por la zona, quizás por los alrededores próximos y detestara sus movimientos, abandonando la espera. ¿No tuvo más remedios que abandonar? Ya había tenido experiencia desagradable con la niebla, no quería jugársela con este jabalí bastante solitario que, habiendo estudiado sus posibles movimientos hacia el comedero, en los rodeos que con sabidurías recelos y bastante desconfianza empleaba. Dos noches anteriores vino con una ilusión tremenda, pues al cabo de ocho días, "que se le hicieron muy largos", deseando que cambiasen los vientos, por fin, soplaba como esperaba y deseaba.

Entristecido y muy enfadado... Enojado contemplaba como poquito a poco, la niebla se apoderaba rápidamente del contorno, teniendo que abandonar, otro aguardo a este jabalí, antes de lo deseado. Estaba más que desesperado con estas nieblas tan seguidas, intensas y espesas. Sufriendo se marchó por no poder seguir esperando y temiendo ya lo peor, que se venteara de sus rastros... O quizás de su olor y desapareciera de la zona con el mismo encanto y misterio que apareció.

Estas noches de los primeros días de diciembre, la niebla por fin desapareció, pero para mayor desgracia del cazador, se metió el tiempo en agua y los fuertes aguaceros de diciembre, se juntaron con las lluvias de enero. La sierra de los "Cañizos" hacía semanas que se "rindieron" al agua, pues la soltaban en improvisados arroyos sierra abajo. El cazador, en estos meses de nieblas y aguas, apenas me visitó, sobre todo con las fuertes lluvias de último de diciembre y de enero. Llegué a pensar, que perdió ya desesperado toda la fe y esperanza con este anciano jabalí, que supuestamente tenía bien estudiados, los posibles movimientos. El cazador siempre atento, muy pendiente de la luna de enero que, en noches claras, iluminan como ninguna otra… Esperó deseoso que cesaran estas lluvias. ¿Pero no cesaron? Las fuertes lluvias arrastraron el maíz del comedero, regatón hacia abajo y la baña rebozaba del agua. El mal temporal hizo que se mudaran los jabalíes de la zona y tras tres semanas sin recibir visitas de jabalíes, "me visitó" … Tuve otra vez la agradable visita de este anciano jabalí, que para mi mayor sorpresa vino acompañado de otro más joven. Las lluvias poco a poco fueron calmando la bravura, una mañana por fin cesaron, amaneció con pocas nubes y el Sol asomaba entre estas nubes, tímidamente en ocasiones. El siguiente día, de esta mañana clara, bien temprano, regresó el cazador, al cabo de más de un mes que, no se le veía los pelos. El anciano jabalí acompañado del escudero, que ya llevaba varias noches visitando mi vecina baña, regresó la noche anterior derecho hacia ella, que se encontraba aún por la mitad del agua de las últimas lluvias. Dejándose caer, como un peso muerto, "agrandándola", se guarreó bastante y se refregó con mucha energía sobre el tronco del joven alcornoque, donde dejó bien dibujadas las huellas sobre el terreno emblandecido. El jabalí joven, "su fiel escudero" acudió con una herida a la altura del jamón izquierdo… Arrastrando la pata.

Posiblemente, el motivo de esta cojera fue producido por una batida, que se llevó a cabo unos días atrás en la finca vecina. El cazador, tras varias semanas sin visitar el comedero, no se esperaba, ni por imaginación, encontrarse con estos rastros tan recientes de los dos jabalíes y quedó maravillado cuando vio las huellas bien marcadas del anciano jabalí, en los mismos bordes de mi vecina baña, que "supuestamente" estudio este anciano jabalí los posibles movimientos, en los meses pasados.

¿Yo, sinceramente, me encontraba muy pendiente de él?

Pues, tenía otra vez el solitario jabalí, que estudió sus movimientos allá por los meses de noviembre, diciembre y que las nieblas de estos meses, acompañadas de los aguaceros, no le acompañaron para poder seguir esperándolo. Pero no llegó a reconocer las huellas, "posiblemente" venían acompañadas. Muy contento de ver tantos rastros, sobre todo los que hizo el escudero, hociqueando los alrededores del comedero buscando los pocos vagos podridos de maíz, que se encontraban aún semis enterrados.

Recebó el comedero con el saco del maíz que regresó y colocó las ramas del puesto, deterioradas por los fuertes vientos y aguaceros caídos. Ya pasaron meses que dejó de subirse en el puesto de lo alto de la encina, los años no perdonan y poco a poco fue perdiendo facultades. Lentamente, lo fue dejando muy a de pesar suyo. Con todo lo visto se fue muy satisfecho, noches más adelante le hizo una espera y no por menos puedo de evitarlo, me tengo que reír, recordando la cara de angustiado que, reflejaba su rostro, en los momentos tan tensos, divisando de pronto dos jabalíes, prácticamente ya, en el comedero. Después de soportar cuatro horas de espera, con la noche que estuvo muy fría y con fuerte rachas de vientos del noroeste que daban de cara.

Hacía estos vientos helados, saltarles las lágrimas, con todas sus cosas de espera recogidas, introducía el rifle en su funda. Posteriormente, se lo colocó en el hombro y en esos precisos momentos, ya con los pies fuera de aguardo, sintió unos ruidos en las orillas del regatón cerca del comedero. Mucho antes yo, intenté de comunicarle la aproximación de estos dos jabalíes, pero como siempre ni caso, ya cansado de avisarle lo dejé.

En parada en la orilla del claro del comedero, arropados entre las jaras, asomó la cabeza el anciano jabalí y su escudero. Minutos después, empujó al escudero para que saliese al claro del comedero, el escudero que salió a los claros, arrastrando la pata más que la última visita. Caminando con dificultad, se dirigió al comedero, viendo el bulto negro avanzar hacia el maíz, las pulsaciones del cazador se aceleraron al máximo.

¿¡¡¡Impotente, sin poder mover un solo músculo!!!?

Se hubiese delatado al momento, quedó como atontado mirando el bulto que, hacia el jabalí, minutos después, entro silenciosamente el anciano jabalí derecho al comedero. El fiel escudero, a duras penas, se alejó, se apartó del maíz y se dirigió hacia mi vecina baña. El anciano jabalí, se notaba que estaba muy inquieto comiendo del maíz... Quizás su instinto salvaje intuía algo fuera de lo normal de otras noches del comedero, le trasmitía de un peligro que era incapaz detestad. El cazador, que se encontraba muy tenso, todo descompuesto, con la cara desencajada, miraba los dos bultos negros que, hacía los jabalíes sin moverse para nada y con temor que se percataran de su silueta. Dejó de comer el anciano jabalí y camino lentamente hacia el puesto... Yo, sufriendo y el cazador le temblaba las piernas viendo como se aproximaba. Gracias a los "Dioses de la Caza" se paró mucho antes de llegar al puesto, levantó los morros venteando, así estuvo unos segundos que, se le hicieron al cazador "interminables". Se giró y se fue derecho hacia la baña, que se encontraba el escudero revolcándose y al verlo aproximarse, se salió de ella rápidamente, "con dificultad". Se dejó caer como un saco de patatas, pero no llegó a barrearse, su instinto salvaje le insistía e insistía, una y otra vez, de un peligro, que era incapaz de detestad. Se levantó rápido de la baña, emitió un leve resoplido y se alejaron muy despacio, regatón hacia abajo. Con las piernas temblorosas, se sentó el cazador al momento de verlos alejarse. ¡¡¡No podía más!!! Había sido muy grande la tensión en la que estuvo sometido, durante más de diez minutos, que se le hicieron eternos e interminables. Esperó una hora más, por si acaso estuviesen los dos jabalíes cerca que, no le sintieran sus pasos abandonando el puesto. Emocionado con lo sucedido, no dejaba de lamentar su mala fortuna, todo lo contrario que el anciano jabalí y su escudero, que sí, que la tuvieron.

Estos amargos y constantes recuerdos, le acompañaron en todo el trayecto del regreso que, a estas horas altas de la noche, ni siquiera transitaban otros coches, que distrajeran un poco los recuerdos infortunados. Decidió, emocionado con lo sucedido, esperarlo la noche siguiente. El tiempo prometía mucha agua, pero no influyó para verlo de venir al caer de la tarde, ilusionado como siempre viene, a pesar de las muchas esperas. Solamente trascurrió una hora que se hizo la noche, y los croares de las ranas eran insoportables, por las grandes cantidades de ellas… Traídas con las fuertes lluvias pasadas. ¿Estaban por toda la zona? Alerta de su letargo con los escandalosos croaré de las ranas, el leve ruido de un pequeño roedor dentro del mismo puesto, que asustado por el acoso de un ave rapaz y que no dejaba de volar silenciosamente, alrededor del puesto. Le encogió de nuevo el corazón y lo despabiló rápidamente, de los croares de las ranas. El cazador, aún con el cielo, anunciando agua, a dos carrillos, aguantó la espera dos horas más. Hasta que un buen chaparrón cada vez más fuerte, que no cesaba de llover, decidió empapado abandonar. Con fortuna para él, pues el anciano jabalí y su escudero, con la noche tan metida en agua, salieron de la zona y eligieron esta noche otros comederos. Las dos siguientes también hicieron "monta" sí, que se presentaron la tercera. Regresó el fiel escudero muy mal… Caminando muy lento y con muchísima dificultad.

¡¡¡No estaba bien!!!

Tres noches posteriores se presentó el anciano jabalí solo, entró en el comedero sin apenas tomar precaución y esto en él, con sus años, me extrañó bastante. ¿Cavilé durante unos segundos, mirándolo, si se le fue la cabeza? Comió bastante del maíz, más tarde se dejó caer en mi vecina baña, donde estuvo inmóvil durante unos minutos, sin moverse para nada.

El cazador con la fiebre de jabalíes, que yo pienso que la mantiene como los primeros días, pero los años por desgracia no perdonan, no pasan en vano, me visitaba muy de tarde en tarde y se presentó a las dos semanas. El anciano jabalí, que cogió algo de confianza con el comedero y sobre todo con mi vecina baña, acudía prácticamente casi todas las noches.

Contemplando, lo tomado que se encontraba el comedero y baña, más contento que unas castañuelas y creo que llegó a reconocer las impresionantes huellas, ya solas, sin la compañía de huellas del escudero, las miró y miró bastante pensativo durante unos largos minutos. Los aires malos no querían desaparecer, esperó impaciente unas semanas, que se le hicieron larguísimas para poder esperarlo. Desesperado, por tener que esperar tanto tiempo que cambiasen los aíres… El día de la espera estaba deseoso por encontrase con este viejo jabalí, con más de una hora de sol, para desaparecer, entró silenciosamente en el puesto con cara sería, confiado e ilusionado con el posible lance. Tranquilamente, empezó a colocar todos los aperos de caza, disfrutando de estos primeros momentos de la espera. Miró, el foco nuevo que le regaló su amigo Rosado, el "Campeón" trae para probarlo, con un poco de fortuna, quizás iluminando, el anciano jabalí. Comprobó él encare hacia el comedero, estos precisos momentos, la mente lo confunde... En vez de apretar el interruptor del foco, apretó el gatillo. El disparo, al caer de la tarde, "sonó como una bomba", atontado, mirando la polvareda que hizo la bala, quedó unos minutos sin reaccionar, "asombrado" con lo sucedido, no se explicaba qué le había pasado. Minutos después, ya más tranquilos de la misma rabia y coraje con lo ocurrido, le entraron ganas de hasta de llorar. Esperando más tres semanas para poder esperarlo y le sucede este percance. Triste y pensativo sin saber qué lo que hacer. "Si quedarse, o marcharse".

La experiencia le trasmitía que abandonara, pero, la fiebre de espera le insistía que sé quedarse. ¿¡¡¡Dudaba el cazador!!!? Y dedujo, es temprano con un poco de sol aún para desaparecer. Sí está encamado en los frondosos zarzales de la ribera, mal asunto. Sin embargo, si está encamado en la finca vecina, el disparo se habría podido camuflar entre los ruidos de camiones y coches que transitaban la carretera, en los momentos no muy alejados del comedero. ¿Decidió hacer la espera? El ladrido lejano de un zorro en celo, lo que escuchó en tres horas largas de espera, una hora después ya estaba pensado en retirarse. Y yo, como siempre, "sufriendo". Sintiendo el jabalí por debajo del regatón, subiendo por una de las orillas hacia el comedero y el cazador, aún no lo había detestado. Un pequeño y leve arroyar, en la mitad de trayecto, delató el acercamiento y alertó el cazador, que enseguida lo detestó. Acudía muy tranquilo, subiendo la pequeña cuesta, hociqueando las orillas del regatón, lombriceando. Se salió, empezó por los alrededores buscado bicho, el cazador, que se encontraba como un flan. Estaba bastante preocupado, temiendo de ventearse de él, lo detestará, pues sentía todos los movimientos cercanos, que provocaba sin poderlo ver y para mayor desgracia los vientos rotaron, se cambiaron. Estos cambios improvisados, a medio aire donde supuestamente pensaba el cazador, que se encontraba el jabalí hociqueando. Disgustado por estos cambios de los aíres, se temía ya lo peor, pues, hacía ya un tiempo que había dejado de sentirlo. Parado en la orilla del claro del comedero, arropado entre las jaras y retamas, estaba el anciano jabalí mirando fijo hacia mi vecina baña. El silencio reinante de esos momentos "mágicos" hizo que dudara el cazador si, lo había detestado y desapareció. Y en los precisos momentos tan dudosos, en los que se encontraba, de pronto como por arte de "magia" apareció una sombra que, se movía con una lentitud tremenda hacia mi vecina baña.

Al verlo tan cerca, la primera impresión que le causó fue de largo y grande y estos momentos de los andares sigilosos hacia la baña, los aprovechó bien con mucha cautela el cazador, para coger el rifle con movimientos de manos lentos, apuntarlo.

El anciano jabalí, al recibir la luz del foco, se paró, miró hacia ella... Iluminado le brillaron los ojos como dos estrellas, el sonido del disparo, que se produjo rápido, tranquilizó la tensión del cazador mantenida durante el hechizo de los emocionantes momentos.

Al dispar se desplomó en la misma baña, pero, se incorporó rápidamente, el cazador no se lo pensó y disparó un segundo disparo, "precipitadamente" que lo falló. En el segundo disparo también se desplomó, pero, se incorporó como pudo, dando tropezones. Alumbrado en huida, se dejó caer unas cuantas de veces más, incorporándose con mucha dificultad y a duras penas, lo perdió de la vista ya, metido entre el jaral. Unos minutos después, ya más tranquilos, bebió un poquito de agua y decidió ir a buscarlo.

Con mucha precaución, únicamente vino con las tres balas, que había disparado. Iluminó la zona de las jaras por donde lo perdió de la vista, se introduce en ellas viendo bastante escandalosos rastros de sangre... Sin embargo, no sabía el cazador que el jabalí, se encontraba malherido de muerte y oculto entre las mismas. Sufriendo me encontraba, al verlo como se acercaba cada vez más y más, y no poder trasmitirle del peligro que sé le avecinaba, "me preocupe bastante". El jabalí, al sentir la aproximación del cazador, se tiró a él valientemente, lo subió por los aires y cayó por el fuerte impacto, sin conocimientos y con la pierna derecha a la altura del muslo, teñida de sangre… Justo al lado del anciano jabalí, que murió gracias a los "Dioses de la caza" en los momentos propios de la embestida.

Impotente, viendo tristemente la escena sin poder hacer nada, preocupado, mirando al cazador, tumbado en el suelo herido, sin conocimiento, se me escaparon por primera vez, "unas lágrimas" que brotaron sobre este trocito de tierra donde me encuentro. Inconsciente estuvo durante minutos, que sé me hicieron una eternidad.

Herido, con el muslo sangrando, se fue a duras penas cojeando. Yo, no lo quité el ojo, hasta que desapareció de mi vista.

El resto de la noche me tiré mirando con rabia y coraje, el anciano valiente y "muy bravo jabalí". Clareando el día, acudió Manuel, el "pastor" acompañado de su hijo José, le pregunté, "inmediatamente" por el estado del cazador.

No me oían... ¿Nadie me escucha?

-Recogieron el rifle y todas las cosas de espera, abandonadas y escuché hablar entre dientes de la que se había librado el cazador. Destriparon el anciano jabalí y un poco más tarde, regresaron para recogerlo. Se emocionó, mi supuesto corazón de alegría, de este trocito de tierra donde me encuentro, cuando a las tres semanas, divisé a lo lejos la aproximación del cazador... "Esto sí, cojeando un poco". Miró sin perderse ni un detalle la zona del accidente, con cara, un poquito seria, pero, al momento, se trasformó en una sonrisa que al verla me llenó de gozo y me tranquilizó. Solamente gracias a los "Dioses de la Caza" presencie este lance con bastante peligro hacia el cazador.

Las sabidurías adquiridas por las muchas lunas, lo confían.

La confianza... ¿Le traiciona?

¡¡¡El fallo!!! > No haber tomado precaución.

ÍNDICE